Anne Tinius

Liebe geht durch den Makler

www.tredition.de

© 2016 Anne Tinius

Verlag: tredition GmbH, Hamburg

ISBN
Paperback: 978-3-7345-7108-4
Hardcover: 978-3-7345-7109-1
e-Book: 978-3-7345-7110-7

Printed in Germany

Anna ist 32 Jahre alt, erfolgreich und völlig ratlos als ihre Jugendliebe Jonas sie und die gemeinsame Wohnung nach vielen Jahren Beziehung verlässt. Zurücklässt er nur eine Matratze, einen Kühlschrank und Annas gebrochenes Herz. In einer viel zu großen und leer geräumten Wohnung muss sie sich eingestehen, dass sie eine neue Bleibe braucht. Sie engagiert den Immobilienmakler Henrik Konrad, der ihr eine neue Wohnung in Oldenburg vermitteln soll. Der attraktive Makler verspricht Anna, bald etwas Passendes für sie zu finden. Doch bald hofft Anna, dass er ihr nicht nur auf der Suche nach einem Domizil behilflich sein könnte...

Über die Autorin:

Anne Tinius lebt mit ihrem Mann und Kind in der norddeutschen Großstadt Oldenburg, die auch Schauplatz dieses Romans ist. Es handelt sich hierbei um ihr Debüt. Wenn Sie mehr von Anne Tinius lesen möchten, besuchen Sie doch einmal ihre Präsenz bei Facebook.

www.facebook.com/AnneSTinius

Dort führt sie einen gern gelesenen Blog
"Annegret schreibt"
über ihr Leben als Mutter.
Um dieses Thema wird sich auch ihre nächste Veröffentlichung drehen.

Für meinen kleinen und meinen großen Mann.

Wir stürzen uns in Fluten,
wir streiten bis wir innerlich bluten.
Wir hoffen viele Jahre,
haben oft schon graue Haare.
Wir gehen und wir meiden,
wir weinen weil wir leiden.
Wir hassen und wir raufen,
bis wir in Liebeskummer ersaufen.
Wir vermissen,
obwohl wir es besser wissen,
wir haben und wir wollen,
wir sagen und wir sollen,
hetzen und verletzen,
geben und nehmen,
kommen und gehen,
liegend und im Stehen.
Ein Wink bringt uns zu Fall,
ein Lachen fort und überall.
Kein Buchstabe ist zu viel,
es gibt immer nur zu wenig,
wir fühlen nie gleich,
wir sind höchsten ähnlich.
Wir schlafen nicht mehr und essen kaum noch,
wir träumen zu sehr und verlieren unseren Kopf.
Wir machen Fehler und haben immer noch Mut,
wir lieben einander,
doch tun uns nicht gut.
Wir sagen ja und meinen nein,
wir sind mittendrin doch wollen ganz woanders sein.
Wir schreien, wimmern, wälzen uns im Bett,
verstehen nichts- doch begreifen den Zweck.
Der Liebe wegen werden wir zu Helden.
Und trotzdem vergessen wir dann und wann,
was die Liebe alles kann.

Prolog

Irgendwann im Februar...

Für das, was er sich vorgenommen hatte, erforderte es keinen besonderen Mut. Es war eher eine zwingende Konsequenz aus den vergangenen vier Jahren, die sie gemeinsam erlebt hatten. Er ging in Gedanken immer wieder seine Worte durch, spielte einzelne Situationen nach, überlegte wie sie reagieren könnte und versuchte sich eine passende Antwort parat zu legen. Er wollte unbedingt vorbereitet sein; das war sein Anspruch, so wie im Job. Er war ziemlich unaufgeregt, fokussiert und dennoch wollte er einfach nichts vermasseln. Seine Entscheidung fällte er über einen langen Prozess hinweg. Sie war klar und deutlich, genau abgewägt und völlig rational, so wie ihre Beziehung zueinander oft war. Für andere Menschen vielleicht nicht emotional genug, nicht leidenschaftlich genug und möglicherweise hatten sie sogar recht damit. Aber für ihn war es genau das, was er so sehr an ihr schätze. Rationalität, Loyalität, Zufriedenheit und ihre Art trotzdem immer die richtigen Worte zu finden. Er war immer wieder aufs Neue von ihr beeindruckt, starrte sie manchmal stundenlang an und war in ihre Augen völlig vertieft. Ihr war das meistens unangenehm, schaute verlegen zur Seite oder schubste ihn aufs Bett; küsste ihn dann um die Situation zu unterbrechen. Trotz ihrer Schönheit war sie immer noch manchmal unsicher gewesen, als wüsste sie nicht mit seiner Aufmerksamkeit umzugehen. Sie erwartete keine Rosen zum Jahrestag, rief nicht mitten in der Nacht an, wenn er mit seinen Freunden unterwegs war, zitierte ihn nicht wie einen Pudel nach Hause weil sie Sehnsucht hatte oder einfach nur ihre Schäfchen ins Trockene bringen wollte. Sie freut sich, wenn er sich amüsierte und sie zierte sich nicht, es auch zu tun. Sie nahm sich ihre Freiheiten, ging viel mit ihren Freundinnen aus und kam davon gut gelaunt und oft angetrunken zurück. Aber sie war nie unangenehm, machte selten Vorhaltungen und selbst wenn sie betrunken war, war sie beständig und einfach nur etwas redseliger als sonst. Sie redete gern, aber nicht viel. Oft saßen beide nach der Arbeit stundenlang vor dem Fernseher, waren vertieft in Serien oder irgendwelche Filme, aßen dabei Chips und tranken Bier. Wein war nichts für sie. Denn trotz ihres vielleicht spießigen Berufes, war sie alles anderes als spießig. Sie kleidete sich außerhalb des Büros immer sportlich und leger; trug Turnschuhe und manchmal sogar eine Cappy. Zuhause war ihr der Jogginganzug heilig, sie hatte mehrere davon. Er liebte es aber am Meisten, wenn sie sich in ihrem viel zu großen Chicago-Bulls-Shirt, was bis zu den Knien ging, zu ihm aufs Sofa fallen ließ; mit einer Tafel Schokolade in der Hand und einer Flasche Wein unter ihrem Arm. Dann sagte sie meist „Auch einen Schluck?" in der sicheren Erwartung, dass er ja sagte und sie gab ihm einen Kuss. Sie schliefen oft gemeinsam auf der Couch ein, der Fernseher lief bis in die Morgenstunden noch vor sich hin, bis er sich irgendwann von allein ausschaltete. Sie war kein Püppchen und wahrlich keine Hausfrau mit Netz auf dem Kopf und in Kittelschürze; eher der niedliche Kumpeltyp. Eine Frau, die er gern bei sich hatte und die ihm nie das Gefühl gab, nicht gut genug zu sein. Da sie sich sogar täglich auf der Arbeit begegneten, hatte er zu anfangs die Befürchtung, dass es mit ihnen nicht lange anhalten könnte. Aber auch hier zeigte sich, dass es sich mit ihrer Übereinkunft, Zuhause nicht über die Arbeit zu sprechen, hervorragend regeln ließ. Diese Regel wurde penibel eingehalten. Wenn es Stress auf der Arbeit gab wurde das entweder noch im Büro an Ort und Stelle oder mit den Freunden geklärt. Andersherum besprachen beide keine privaten Dinge auf Arbeit, dies war jedoch eine unausgesprochene Regel. Keiner von Ihnen hatte das Bedürfnis ihren gemeinsamen Fernsehabend oder den Besuch der Schwiegereltern abzusprechen, wenn sie eigentlich noch im Arbeitsmodus waren.

In seltenen Momenten fragte er sich, ob ihre Art vielleicht ein Zeichen mangelnden Interesses sein könnte. Er selbst wäre wohl nie darauf gekommen, wenn nicht seine Freunde ihn immer wieder darauf gestoßen hätten. „Mal ehrlich, das ist doch nicht normal, dass es ihr total egal ist, wann du nachts nach Hause kommst.", sagten sie ihm immer aber er wusste es eben besser. Und die Blumen. Ja, das war etwas, was keiner von ihnen verstehen konnte.

Sie fragte nie nach Blumen oder Pralinen und er war sich ziemlich sicher, dass sie es nie persönlich nahm, wenn er es zum Jahrestag bei einer kurzen „ich liebe dich. Alles Gute zum Jahrestag"- SMS beließ. Sie schien frei von solchen Erwartungen und Befindlichkeiten zu sein, freute sich ihn zu sehen und machte nie den Anschein, dass ihr etwas fehlte. Die Bedenken seiner Freunde tat er immer als eine Mischung aus Neid und Engstirnigkeit ab. Ihre Beziehung ließ sich eben nicht in einen Rahmen pressen und war weniger von Leidenschaft und überquellenden Gefühlen, sondern mehr tief verbundener Freundschaft gekennzeichnet. Und einem felsenfesten Vertrauen darauf, dass man den anderen so liebt wie er ist.

Er positionierte die Vasen mit den Blumen, die er für den heutigen Abend besorgt hatte, mittig auf dem Esstisch. Trotz der Tatsache, dass sie beide eher Essen gingen als Zuhause zu kochen, wagte er sich an ein Lachsrisotto und befand, dass es gar nicht mal so schlecht schmeckte. Er legte noch zwei Basilikumblätter auf den Rand des Tellers und stellte beide Teller auf dem Esstisch ab, schob die Servietten und Weingläser wie beim Tetris noch ein bisschen hin und her, bis es für ihn ansprechend genug aussah. Heute sollte nämlich mal alles etwas anders laufen. Er trug keinen Anzug, aber eine frisch gewaschene Jeans, seinen Lieblingspullover, in dem er ihr immer am besten gefiel und hatte sich rasiert. Er war zwar pragmatisch, aber wusste durchaus einzuschätzen, dass er heute durchaus etwas dicker auftragen durfte. Einen Heiratsantrag macht man schließlich nicht mit Chipsfett an den Händen und in zerlatschten Hausschuhen. Es sollte unkompliziert, aber perfekt sein. So wie ihre Beziehung es war. Vielleicht etwas unkonventionell aber keineswegs planlos. Sie sollte in ein paar Minuten Zuhause sein und er erwartete schon das Geräusch, wie sie den Schlüssel ins Schloss steckte, noch ein paar Sekunden hektisch herum fingerte und dann zur Tür herein kam. Ihre erste Amtshandlung war immer der Gang ins Bad, meist noch ohne ihm vorher eine Begrüßung zukommen zu lassen. Nur um dort ihren Anzug auszuziehen und sich in ihre Alltagsklamotten zu schmeißen. Erst dann schlich sie sich zum ihm in die Küche oder auf die Terrasse und küsste ihn. „Was schauen wir heute?" war dann ihre erste Frage und sie schnappte sich meist die Fernbedienung und wedelte schon mit der Decke auf dem Sofa umher. Es war eben ihr gemeinsames Ritual und sie genossen es. Er beschloss für diesen Abend ihr Ritual jedoch zu unterbrechen, alles andere hätte er als unangemessen empfunden. Gerade als er sich nochmal hinsetzte um auf sie zu warten, klingelte sein Telefon. Sie schrieb ihm eine Nachricht, dass es heute wieder etwa eine Stunde später werden würde. Sie habe noch einiges im Büro zu klären. Das durchbrach seine Pläne just und er musste sich daher schnell neu organisieren. Er ging in die Küche, schnappte sich eine Gabel, aß ein wenig von dem Risotto und nuschelte ein „schade drum" vor sich hin während er überlegte, was er jetzt machen sollte. Er war nicht der Typ, der jetzt völlig die Fassung verlor. Er rief bei dem Italiener um die Ecke an, reservierte zwei Tische für neun Uhr und zog den Strauß weißer Rosen aus der Vase. Er warf sich die Jacke über die Schulter und lief zügig die Treppe hinunter; schnell zu seinem Auto und fuhr los. Als er am Büro ankam, sah er noch das Licht in ihrem Büro brennen und wunderte sich über das unbekannte Auto, welches noch vor der Villa parkte, in der sie ihr Büro angemietet hatten. Ihr Auto war in der Werkstatt und sie fuhr seit Tagen mit dem Bus zur Arbeit. Sie hatten selten gemeinsame Termine, weshalb sie immer ablehnte, wenn er ihr anbot, sie zur Arbeit mitzunehmen. Er ging durch den Flur, vernahm das dumpfe Geräusch ihres Sessels, wie er über den Parkettboden umher geschoben wurde. Er hörte ihr unterdrücktes Lachen und umschloss den Strauß Rosen immer fester. So kurz vor dem großen Moment spürte er doch so etwas wie eine positive Aufregung. Als er die Klinke zu ihrer Bürotür griff war er sich dennoch so sicher wie nie zuvor, dass er die richtige Entscheidung getroffen hatte und trat ein ohne vorher anzuklopfen. Es sollte in jeder Hinsicht eine Überraschung sein. Entsprechend überrascht war sie auch als er plötzlich in ihrem Büro stand, mit einem Strauß Rosen in der Hand und aufgeregt und fassungslos durch den Raum starrend, bei dem verzweifelten Versuch, die Situation einzuordnen. Sie lag auf ihrem Schreibtisch, nur noch mit ihrem Blazer bekleidet, die Beine von sich gestreckt. Ein älterer

Mann kniete zwischen ihren Beinen und versuchte gerade eifrig ihren Slip nur mit seinen Zähnen herunter zu ziehen.

Er starrte verzweifelt auf den Herrn, der untenrum schon voll entblößt war und seine immer noch auf dem Rücken liegende, fast schon entspannt drein blickende Freundin. Sie drückte den Mann zur Seite, der anscheinend nur widerwillig seine Tätigkeit beendete und zog sich den Slip wieder nach oben. „Du solltest jetzt gehen", sprach sie zu dem Mann und bewegte sich vom Schreibtisch auf ihren immer noch völlig regungslosen Freund zu. „Wir sollten das Zuhause besprechen", sagte sie nur und er ging wortlos aus dem Zimmer ohne sie noch einmal anzusehen.

Irgendwann im September...

Sie stieg in den Bus und war mal wieder genervt, weil er bis zum Anschlag voll mit Menschen war. Kein einziger Platz war mehr frei, die Menschen standen in dem engen Gang dicht aneinander gedrängt und waren gereizt. Die Spätsommersonne drang durch die Busfenster und wärmte die ohnehin schon stickige Luft zusätzlich auf. Die Scheiben des Busses waren von innen beschlagen und es roch nach Schweiß von Menschen, die den ganzen Tag auf den Beinen waren. Sie stellte sich neben einen kleinen Schuljungen, der unsicher zu ihr hoch blickte. Sein Ranzen rammte sich bei jeder Kurve in ihren Oberschenkel und sie verlor beinahe die Fassung. Der Schuljunge schaute sie entschuldigend an und verließ kurze Zeit später den Bus bis dieser sich irgendwann wieder leerte. Vier Haltestellen später stieg sie aus und lief zu ihrer Wohnung, schlurfte müde und kaputt durchs Treppenhaus aber allmählich normalisierte sich ihr Pulsschlag wieder. Sie freute sich auf einen entspannten Abend mit ihrem Buch. Im Treppenhaus begegneten ihr zwei in blauen Latzhosen gekleidete Männer, die mehrere Umzugskartons vor sich her hievten. Sie machte bereitwillig Platz und wunderte sich, weshalb sie von einem Umzug der Nachbarn nichts mitbekommen hatte. Auf der obersten Etage angekommen, stand die Wohnungstür bereits offen und ein weiterer Herr mit blauer Latzhose werkelte an ihrem Schuhschrank herum. „Entschuldigen

Sie, was geht denn hier vor sich?", fragte sie ihn aber schaute dabei nur auf ihren Freund, der gerade mit einer weiteren Umzugskiste im Flur stand und nach draußen gehen wollte. Er erschrak ein wenig, aber fasste sich schnell wieder und stellte den Umzugskarton auf den Boden. „Ich hab es dir mehrmals gesagt, Anna, ich will das alles nicht mehr."

Sie stutzte und versuchte alles in ihren Gedanken zu ordnen. „Und jetzt ziehst du einfach aus? Haust du jetzt einfach so ab? Ist das dein Ernst?" Sie rannte in die Wohnung, sah wie das Unheil seinen Lauf nahm. Beinahe alles war bereits abgebaut und stand zur Abholung bereit. Die Wohnung glich einer leerstehenden Ruine, überall Staub und Holzbalken, auseinander gebaute Möbel und Abdeckfolien. Offenbar war alles genau geplant und organisiert. Er machte offenbar ernst. „Ich fasse es einfach nicht. Nach all den Jahren lässt du mich jetzt hier stehen? Ohne Erklärung? und… und gehst einfach?"

Er stand im Türrahmen und zog hektisch am Klebeband herum, schnappte sich einen Stift und schrieb in Großbuchstaben „bleibt hier" darauf. Er lief in die Küche zum Kühlschrank, dem einzigen Gegenstand, der noch an seinem alten Platz stand und klebte das Stück beschriebenen Klebestreifen darauf. „Das war deiner, wenn ich mich recht entsinne. Du hast ihn von deinen Eltern geschenkt bekommen, selbstverständlich kannst du ihn behalten." Dann ging er wieder in den Flur und nahm den Umzugskarton auf. Er schaute sie an, wie sie langsam in sich zusammen sank und bekam fast so etwas wie Mitleid. „Es ist besser so. Vielleicht werden wir beide glücklicher", sprach er nochmals und lief die Treppen hinunter. Sie saß eine Weile in ihrem alten Wohnzimmer, legte ihren Kopf zwischen die Knie und wartete darauf, dass die blauen Männer endlich verschwanden. Sie hörte Jonas noch einmal unten im Hausflur wie er den Männern Anweisungen gab, aber er kam nicht nochmal nach oben. Im Schlafzimmer standen Kartons und Kleidersäcke, alles ordentlich zusammen gelegt, sortiert und gestapelt mit ihrem Hab und Gut. Er hatte das Bett mitgenommen, aber die Matratzen auf den Boden gelegt und frisch bezogen. Sie legte sich noch voll bekleidet und ohne vorher die Handtasche abzulegen auf die Matratzen, weinte noch ein bisschen und schlief dann erschöpft ein.

Kapitel 1

Irgendwann im November...

Die ständig hüftkranke Bettina hüpfte in ihrem viel zu knappen Oberteil von Tisch zu Tisch. Man hatte den Eindruck, dass sie an diesem Abend alle Register zog. Der schreiend blaue Lidschatten zu den feuerrot gefärbten Haaren, die gefühlten hundert Goldringe an den Fingern und die goldenen Armreifen an beiden Handgelenken. Sie erinnerte an diesem Abend an eine in die Jahre gekommene Bauchtänzerin mit schütterem Haar. An Tagen wie heute fühlte sich Bettina pudelwohl, denn es war die alljährliche Weihnachtsfeier der Firma, in der sie seit immerhin acht Jahren arbeitete. Dieses Jahr hatte der Chef etwas tiefer in die Tasche gegriffen als sonst; immerhin bestand die Firma nun seit zehn Jahren. Dass es erst November und eigentlich noch niemand so richtig in Weihnachtsstimmung war, wusste man geflissentlich zu ignorieren. Schließlich war das Firmenjubiläum ebenfalls ein Anlass für das Fest und der Chef war wie eine schwäbische Hausfrau stets darauf bedacht keine unnötigen Kosten zu verursachen. Weihnachtsfeiern im November. Das war doch nichts Ungewöhnliches oder? Er hatte extra für diesen Anlass ein ganzes Restaurant gemietet und sogar ein kleines Streichquartett gebucht, was die ganze Zeit im Hintergrund vor sich hin fiedelte und dem sonst etwas kirmesartigen Getümmel eine bourgeoise Note verlieh.

Mit schwingender Hüfte wanderte Bettina an den Tisch ihres Chefs und sprach ihn fröhlich an. Sein Blick verriet, dass er keine Ahnung hatte, wer sie war und als was sie in seiner Firma arbeitete. Er bat Bettina, die sich schon längst zu ihm gesetzt hatte, dennoch höflichkeitshalber an den Tisch und fragte, was sie trinken möchte. Sie antwortete mit einem burschikosen „Ach, Herr Johsten, lassen sie uns doch mal einen richtigen Schnaps trinken, nur wir beide, hä?" und winkte den Kellner euphorisch zu sich heran. Sie bestellte zwei Obstler und sie tranken ihn später in einem Zug aus. Augenscheinlich glaubte er, damit seiner Pflicht als Chef der Mitarbeiterherzen genüge getan zu haben und wendete sich prompt wieder den Kollegen aus der internen Verwaltung zu, die das Schauspiel missmutig beäugten. Wahrscheinlich hatte der Chef gehofft, Bettina würde sich nun den anderen Kollegen widmen, doch sie saß geduldig mit über einander geschlagenen Beinen neben ihm, obwohl er sich bereits von ihr weggedreht hatte und angestrengt ein neues Gespräch führte. Sie hatte sich leicht nach vorne gebeugt, um dem Gespräch zwischen ihm und der Chefsekretärin zu lauschen. Diese grüßte sie zwar höflich, wendete den Blick jedoch sofort wieder von ihr ab als wolle sie unbedingt vermeiden, von Bettina angesprochen zu werden. Noch etwa fünf Minuten saß Bettina in dieser Haltung; dann begann es ihr jedoch langweilig zu werden. Sie entschuldigte sich beim Chef, der sie längst nicht mehr neben sich vermutete und setzte sich zu den Kollegen aus der Personalabteilung wo auch Anna saß.

Anna starrte auf die aufwendige Dekoration an den Decken, die man offensichtlich nur für diesen Abend angebracht hatte. Überall Lampen, Fähnchen und Vorhänge. Zwischendrin hingen immer wieder übergroße Plakate mit der Firmenaufschrift. Sie fragte sich zum wiederholten Male, warum sie sich schonwieder hat überreden lassen zu dieser Weihnachtsfeier zu gehen. Es war die Chefsekretärin, die sie vor einer Woche ansprach, weil sie feststellte, dass sie bisher den Unkostenbeitrag für das Catering noch nicht gezahlt hatte. Anna überlegte kurz, was sie antworten sollte. Sollte sie ihr sagen, dass ihr Freund sie vor sechs Wochen verlassen und die Wohnung leer geräumt hatte und sie deshalbwenig Lust verspürte sich mit den Speichelleckern aus der Chefetage zu unterhalten und sich deshalb nicht angemeldet hatte und aufgrund dessen logischerweise auch noch nicht bezahlt hatte? Sollte sie ihr sagen, dass es ihr hundeelend geht und sie eigentlich momentan niemanden sehen will? Sie entschuldigte sich mit einem aufgesetzten „Ach wie peinlich, das tut mir leid, wo habe ich nur manchmal meinen Kopf." und drückte ihr ihre letzten zwanzig Euro Bargeld in die Hand. *Prima Anna, warum nicht gleich eine Wurzelbehandlung oder ein Besuch einer öffentlichen Haushaltsdebatte in Brüssel? Da dürfte der Spaßfaktor für dich etwa gleich hoch sein.*

Seit fünf Minuten faltete sie die Serviette auf dem Tisch. Sie spürte ab und zu die Blicke ihrer Kollegen, die sich schon seit Wochen fragten, was mit mir los ist. Sie hatte immer wieder das Gefühl, dass sie versuchten ein Gespräch zu beginnen und sie spürte, dass die Kollegen sie allzu gern gefragt hätten, was mit ihr los ist. Die ratlosen, analytischen, ja fast schon mitleidigen Blicke, waren ihr jedoch unangenehm. Sie versuchte sich die Melancholie nicht anmerken zu lassen, doch sie konnte kein Lächeln formen, nicht mal ein klitzekleines aufgesetztes Grinsen. Ihre Mundwinkel weigerten sich beharrlich, sich auch nur einen Millimeter zu bewegen bis sie sich entschied, dass es ihr vorerst scheißegal war, welchen Eindruck sie am heutigen Tag hinterließ. Fröhlich sein war für Anfänger. *Wer will schon gute Laune haben wenn man stattdessen allen Anwesenden den Abend gehörig vermiesen kann?* Sie war gerade auf dem Höhepunkt ihrer Selbstbemitleidungsarie angekommen als Bettina plötzlich mit einem Kräuterschnaps in der Hand neben ihr Platz nahm. Sie schaute irritiert zu ihr und hoffte, dass Bettina ihre Abneigung sah, doch diese ignorierte ihre Blicke absichtlich und stellte ihr das Schnapsglas fordernd vor ihre verschränkten Arme. „Los, runter damit. Damit du überhaupt mal eine Miene verziehst.", polterte Bettina los und setzte selbst zum Schluck an. Anna kniff die Augen zusammen und kippte es mit einem Zug die Kehle runter. *Das Zeug schmeckt wie die Hölle,* dachte sie, doch sie spürte wenigstens, dass ihre Gesichtsmuskeln sich überhaupt einmal bewegten. Bettina bestellte gleich noch zwei Gläser hinterher. Anna lehnte dankend ab, doch Bettina ignorierte das ebenfalls. Grazil wie ein Nilpferd stürzte sie auf den Kellner zu und riss ihm die Schnapsgläser aus der Hand. „Los, stell dich nicht so an. Das kann man ja nicht mit ansehen, wie du da vor dich hin leidest. Mensch. Schau mal, der Chef ist auch endlich mal da, der lässt sich sonst nie blicken. Nicht, dass du sonst als unser firmeneigener Spaßvogel bekannt wärst, aber da kannst du doch nicht so trostlos aus der Wäsche gucken."

Damit hatte Bettina nicht ganz Unrecht. Anna war sich durchaus bewusst, dass sie keinen erheiternden Anblick bot, was sie wiederum zu der Frage verleitete, was sie eigentlich hier wollte. Sie beschloss, dass der Abend ohnehin nicht mehr schlimmer werden konnte und trank daher auch das zweite Glas mechanisch mit. Bettina schaute zufriedener aus. Ihr aufwendig hergerichtetes Dekolleté erschien direkt vor Annas Augen. „Kindchen, was ist denn los? Ist doch ein netter Abend heute. Liebeskummer?" Anna nickte unsicher und antwortete knapp:„Vielleicht, aber das wird schon wieder." *Mensch, das klingt ja richtig überzeugend, Anna.* Bettina schien mit dieser Antwort ebenfalls nicht zufrieden zu sein und bestellte vorsorglich Nachschub. Anna trank irgendwann ohne Widerstand zu leisten. Es hätte sich eh nicht gelohnt, denn offenbar war an diesem Abend nicht nur Anna scheißegal was Andere von ihr hielten. Sie spürte langsam, dass der Alkohol seine Wirkung zeigte und gestand sich ein, dass sie sich tatsächlich über die ungewohnte Aufmerksamkeit von Bettina freute. Sie unterhielten sich eine Weile und besprachen nacheinander die jeweiligen Kleider und Frisuren der Sekretärinnen. Anna vergaß zeitweise, dass sie eigentlich traurig zu sein hatte, nach allem was in den letzten Wochen passiert war. Nach dem vierten Schnaps und der Cola, an der sie den ganzen Abend nippte, musste sie sich schließlich erleichtern. Sie entschuldigte sich und rannte hastig zwischen den Stühlen zur Toilette. Dort angekommen war sie nun zum ersten Mal an diesem Abend allein mit ihren Gedanken und fühlte sich wieder sichtlich unwohl. Wie jedes Mal, wenn sie in den letzten Tagen allein war, begann sie zu heulen. Ihr Anblick war ihr augenblicklich peinlich und sie sagte gebetsmühlenartig *Reiß dich zusammen*! laut vor sich hin. Als sie ans Waschbecken ging, um sich das verschmierte Augen Make-Up weg zu wischen, öffnete Bettina die Tür. „Ach hier steckst du. Mein Gott, jetzt ist aber mal gut hier, wer wird denn gleich heulen." Sie schaute sie an und Anna begann wieder zu weinen. „Komm Mädchen, wir gehen mal kurz raus an die frische Luft. Und wenn wir wieder drinnen sind, ist dein Kummer vergessen und wir tanzen dann mit dem Chef. Geh schon mal vor, ich komme gleich nach."

Sie hatte sich auf eine Bank vor dem Lokal gehockt und betrachtete gedankenverloren die

Laternen am Straßenrand. Sie versank mit ihrem Gesicht in den Händen als Bettina mit einer Flasche Wodka und zwei Gläsern fröhlich auf sie zu watschelte. Bei Bettinas Anblick musste sie sich ein Lächeln verkneifen. Jede Ente wäre neidisch gewesen über so einen gekonnten Watschelgang. „So Kindchen. Nun erzähl mal, was ist denn los?", fragte Bettina forsch, dennoch verständnisvoll. Während Anna den Wodka trank erzählte sie, wie Jonas eines Tages vor ihr stand und ihr sagte, dass er sie einfach nicht mehr liebte. Es sei nicht wegen ihr persönlich, hatte er gesagt, er glaube einfach nur, dass die Lebensplanung beider nicht konform gehe. Sie sei zu karrierefixiert und ständig nur auf Arbeit. Er könne sich nicht vorstellen, eine Familie mit mir zu gründen. Nein, sie sei nicht die Mutter seiner Kinder. Er brauche Abstand. Die Möbelnehme er mit; schließlich habe er sie ja bezahlt und Anna habe genug Geld sich eine neue Einrichtung anzuschaffen. Einen Tag später zog er aus, verließ wortlos die Wohnung und sie sah ihn nicht mehr. Seitdem schlief Anna auf einer Matratze. Dieser Umstand störte sie kaum, da sie tatsächlich viel arbeite und wirklich nur zum Schlafen nach Hause kam. Und seitdem schien die Firma umso mehr der perfekte Ort zu sein, denn überall war es schöner als Zuhause. „Du arbeitest zu viel, Kindchen, das weiß hier jeder.", sagte Bettina sorgenvoll. „Ja ich habe schon darüber nachgedacht, meine Matratze einfach ins Büro zu legen", entgegnete sie zynisch „aber da ist ja noch Magda." Bettina gestand Anna ein Lächeln zu.

Magda. Die ukrainische Putzfrau, die in allem wirklich gründlich war. Sie verstand es vor allem, Anna gründlich die Laune zu vermiesen. Sie putzte nicht nur die Fenster oder saugte den Boden, Magda räumte auch den Schreibtisch auf, sodass Anna manchmal den ganzen Vormittag damit verbrachte ihre Unterlagen zu suchen und neu zu sortieren. Sie schmiss auch die ihrer Meinung nach nicht mehr benötigten Schmierblätter in den Mülleimer und versprühte einen chemischen Zitronenduft durch die Luft, bei welchem einem geruchsempfindsamen Menschen auch mal speiübel wurde. „Riecht gutt, seeehr gutt. Machen frische Luft, machen weg Rauch in Kopf", pflegte Magda immer zu sagen und fuchtelte dabei wild mit ihren behandschuhten Händen umher als wolle sie den Zitronenduft im Raum verteilen. An manchen Tagen wünschte sich Anna dieser Magda ein lebenslanges Karpaltunnel-Syndrom Besonders die Sache mit den weggeworfenen Stichpunkten für die Rede des Chefs zum 10.Jubiläum der Firma nahm sie ihr immer noch sehr übel.

Während der Wodka langsam seine Wirkung zeigte, hatte sich Anna regelrecht in Rage geredet. Sie nannte Jonas Arschloch und rücksichtslosen Egoisten und wischte sich zwischendurch immer wieder die Tränen aus dem Gesicht. Dann irgendwann wurde sie kleinlaut „Wie kann er mir das nur antun? Am liebsten würde ich ihn anrufen und sagen, was für ein Arschloch er ist. Man kann doch über alles reden oder nicht?" und schaute fragend zu Bettina. Bettina hörte ihr die ganze Zeit

aufmerksam zu während sie sich mit dem Blick einer erfahrenen und schon oftmals verlassenen Frau den Wodka einflößte. „Warum tust du das nicht einfach?" und nippte an ihrem Wodka. „Ich meine was hast du zu verlieren? Weg ist er ja schon und wenn es dir hilft, deinen Frust abzubauen solltest du es unbedingt tun, Kindchen.", fügte sie schnell hinzu. Daraufhin nahm Anna einen kräftigen Schluck und wählte zittrig Jonas' Nummer. Am anderen Ende hörte sie nur seine vertraute Stimme: „Hey Anna, es ist elf Uhr. Was ist los? Kann ich dir helfen? Ist was passiert?" Sie überlegte kurz ihre Worte. Im Hintergrund hörte sie plötzlich eine unbekannte Frauenstimme, die ihm genervt „Was will die denn jetzt? Hast du es ihr immer noch nicht gesagt?" zurief. Anna schwieg eine Weile und versuchte die Informationen zu verarbeiten. „Hallo? Anna?", tönte es wieder von anderen Ende. Wie Schuppen fiel es Anna plötzlich von den Augen und die gesamte Wut und Aggression der letzten Wochen bündelte sich in dieser einen Sekunde. Sie fluchte prompt ins Telefon: „Du…du feiges Arschloch, du mieser Betrüger. Wie lang geht das denn schon? Wie konntest du mir das nur antun? Du bist echt das Allerletzte, weißt du das? "
Am anderen Ende wurde es schlagartig still. „Hey Anna, beruhige dich. Was ist denn nur mit dir los? Geht's noch? Ich wollte es dir ja sagen, aber…".
Sie schrie durch das Telefon: „Klar geht's noch. Bei mir geht alles. Ich will dich nie, nie wieder sehen! Ach ja und viel Spaß mit deinem neuen

Flittchen." Sie legte auf bevor Jonas noch etwas sagen konnte. Ihr Puls raste. Sie befürchtete zu Recht, dass ihr Kopf gerade krebsrot angelaufen war: Sie war ausgelaugt von diesem ein paar Sekunden langen Telefonat, aber spürte plötzlich eine gewisse Genugtuung. Jonas würde sich wahrscheinlich nie wieder bei ihr melden, das hatte sie mit Sicherheit nun erreicht. Und nun wusste sie auch, dass es aussichtslos war weiter darauf zu hoffen. Offenbar hatte sich Jonas sehr schnell getröstet und nahm keinerlei Notiz davon, wie sie in seiner Abwesenheit litt. Während Anna immer noch darauf hoffte, dass er nur ein bisschen Zeit für sich brauchte und bald zu ihm zurück kommen würde, plante er anscheinend schon ein neues Leben mit einer anderen Frau. Tausend Gedanken schossen ihr durch den Kopf und sie steigerte sich immer mehr hinein. Sie fragte sich, wie lang das wohl schon mit ihnen ging, ob er nur noch aus Mitleid mit ihr zusammen war, ob sie bald heiraten würden. Bettina schaute Anna geschockt an und wartete auf eine Reaktion. So hatte sie Anna noch nicht kennen gelernt und sie hatte diesem zierlichen Persönchen nicht so eine Durchschlagkraft zugetraut. „Arschloch...mal ehrlich...'nen besseres Schimpfwort ist dir nicht eingefallen? Das müssen wir aber nochmal üben. Ich hätte da noch so ein paar Ideen...", sagte Bettina mitleidig und knuffte die immer starr vor sich her blickende Anna unsicher in die Wange.
Und plötzlich prustete Anna los. Die Situation kam ihr mehr als unwirklich, fast schon verrückt vor.

Sie hatte Jonas gerade in einem Moment erwischt, der es ihr unmöglich machte, noch so etwas wie Trauer um für Trennung zu empfinden. Da war plötzlich gar keine Trauer mehr. Nur noch Wut, Fassungslosigkeit und aufkommende Resignation. *Du kannst mich mal, Jonas. Aber danke, dass du es mir jetzt leichter machst.* Seltsamerweise wusste Anna, dass es in diesem Moment schlichtweg egal war, dass sie sich vor Jonas bis auf die Knochen blamiert hatte. Was hatte sie schließlich noch zu verlieren.-Die Matratze etwa? Bettina stieg in Annas Lachen ein und urteilte „Jawohl, dem hast du es gegeben!" Anna holte tief Luft und wischte sich mit dem Ärmel die Tränen von der Wange. „So und nun lass uns rein gehen. Die stellen sonst noch blöde Fragen, was mit dir los ist. Du warst ja den ganzen Abend so abwesend. Das führt nur wieder zu Gerede.", sprach Bettina und erhob ihren drallen Körper von der Bank. „Ich weiß wovon ich spreche, ich bin es ja, über die sonst gern geredet wird.", ergänzte sie mit einem Zwinkern.

Kapitel 2

Am nächsten Morgen wachte Anna in einem ihr unbekannten Bett auf. Nicht einmal der Raum in dem sie sich befand, war ihr bekannt. Nur langsam gewöhnte sie sich an das Licht und schlagartig begann ihr Kopf zu pochen. Als stünde jemand neben ihr und schlug im Takt mit einem Gummihammer auf ihren Kopf ein. Sie schaute neben sich und stellte fest, dass sie alleine war. Aus dem Nebenzimmer nahm sie Geräusche einer Kaffeemaschine wahr. Bettina schlurfte kurz darauf in ihren gelben Plüsch-Puschen und zwei Tassen dampfendem Kaffee auf Anna zu. Sie stellte die Tasse auf den Nachttisch und ging wieder zur Tür hinaus. Kurz darauf kam sie mit einer zusammengerollten Lokalzeitung zurück und schmiss ihr diese auf das Bett. „So Mäuschen, du suchst dir eine neue Wohnung, so geht das nicht weiter. Ich hab beim Chef angerufen, dass du heute nicht kommst."

„Verdammt nein, ich muss doch heute noch die Mail an den..."

„Nichts da, du musst gar nichts.", unterbrach Bettina gekonnt. „Der Chef war auch nicht wirklich überrascht, nachdem du gestern so...naja...emotional warst. Er meinte, es sei besser, wenn du dir die nächsten zwei Wochenfrei nimmst. Du hast eh noch zu viele Urlaubstage auf deinem Konto. Und jetzt guck nicht so; keine Widerrede. Jetzt wird erst mal gefrühstückt und dann geht die Wohnungssuche los, bis du etwas Neues gefunden hast, bleibst du hier."

„Was meinst du mit emotional? Wie hab ich mich denn benommen?", fragte Anna während sie an ihrem Kaffee nippte.

An Bettinas Gesichtsausdruck war zu erkennen, dass da am Vorabend etwas gewaltig schief gelaufen sein muss. „Nun ja...ich glaube es ist noch zu früh, dir das zu erzählen. Sagen wir mal so. Du hast deinen Gefühlen freien Lauf gelassen. Sozusagen dein Innerstes nach außen gekehrt. Im wahrsten Sinne des Wortes. Dummerweise auf der Herrentoilette während der Chef gerade seine Notdurft verrichtet hat." Anna stellte die Kaffeetasse auf den Nachtschrank und vergrub sich augenblicklich unter ihrer Decke. „Verdammt nochmal, warum hast du mich denn nicht zurück gehalten? Wieso ausgerechnet das Männerklo?"

„Mäuschen, du hattest nicht wirklich Zeit, dir die Toilette auszusuchen. Du bist plötzlich aufgesprungen und los gerannt. So schnell konnte man gar nicht gucken. Als du gerade bei Gunnar warst..."

„Welcher Gunnar?"

„Der Typ mit der glänzenden Haarpracht, der im Licht aussieht, als trüge er den Heiligenschein mit sich, oberste Etage. Der..."

„Was? Schmalzlocke? Was wollte ich denn bei IHM?"

„Sag bloß das weißt du auch nicht mehr?! Du warst den gesamten Abend an Gunnars Tisch du hast mit ihm und seinen Kollegen geredet. Ihr habt eine ganze Wodka-Flasche vernichtet. Ich hatte dich gebeten, nun nach Hause zu gehen, aber davon wolltest du nichts wissen. Den Rest erspar ich dir lieber. Jedenfalls…als du da mit ihm…als du da mit ihm…", Bettina wurde ein wenig nervös; „da wurde es dir wohl ziemlich schnell ziemlich übel. Du bist einfach los gerannt. Ab auf Toilette. Ich kam gar nicht mehr hinterher. Als ich beim Klo war, war es schon zu spät. Tut mir leid, Mäuschen."

„Nee nee nee, Stopp mal. Du willst mir jetzt nicht wirklich sagen, dass ich mich auf dem Männerklo in einem Restaurant übergeben habe und das noch, während mein Chef anscheinend auch anwesend war, sondern du willst mir jetzt sagen, dass ich auch noch was mit Gunnar hatte? Sag mir, dass das ein schlechter Scherz ist."

Bettina zögerte. Ihr Blick senkte sich und wurde plötzlich mitleidig. Sie setzte sich zu Anna auf die Bettkante und begann zu schwärmen: „Weißt du, eigentlich ist Gunnar doch gar nicht so übel. Ich meine… der verdient gutes Geld, ich bin mir sicher der würde dich auf Händen tragen. Was spricht denn gegen ein kleines Date, immerhin habt ihr schon geknutscht."

„Bettina!", schaltete Anna sich ein und machte ihrer Arbeitskollegin deutlich, dass es besser wäre, nunmehr zu schweigen, „Ist lieb gemeint, aber mach es bitte nicht schlimmer als es ist. So schön kann es nicht gewesen sein, wenn ich mich daraufhin übergeben musste.", sie musste kurz inne halten. „ Und wenn wir gerade beim Thema sind.

Ich...ich glaube ich muss mich übergeben."
Würgend schnappte Anna sich den Eimer neben
dem Bett, den Bettina schon in weiser Voraussicht
dort hingestellt hatte. Ihr war übel und elend
zumute. Nachdem sie sich gänzlich entleert hatte,
legte sie sich wieder aufs Bett. Annas Zustand war
katastrophal. Zum einen war sie aufgewühlt von
den zahlreichen Taten, die sie begangen haben soll.
Sie konnte sich nur noch an Bruchstücke erinnern.
Zum anderen aber meldete sich ständig der
Kopfschmerz, der ihr unaufhörlich ihre Gedanken
durchschnitt. Anna war todmüde und versank
neben ihrem Selbstmitleid in einen zweistündigen
Schlaf.

Als sie wieder aufwachte, war Bettina bereits zur
Arbeit gegangen und sie hatte die Wohnung für
sich alleine. Sie bemerkte zu allererst, dass die
sonst so farbenfrohe Bettina sich mit den Farben in
ihrer Wohnung auffällig zurück hielt. Im
Allgemeinen war die Wohnung sogar recht
geschmackvoll eingerichtet. Die Möbel waren
einheitlich in lackiertem weiß und der Boden aus
schwarzem Granitfliesen. Das musste alles ein
kleines Vermögen gekostet haben. Auf der
schwarz-weißen Garderobe stand eine Metallvase
in der aber keine Blume stand. Grünzeugs suchte
man bei Bettina vergeblich Die bunten Jacken und
Schals wollten jedoch nicht so recht ins klinische
Gesamtbild passen. Auf dem Weg ins Bad war
Anna plötzlich froh, dass Bettina nicht mehr
Zuhause war, denn sämtliche Türen der Wohnung
waren aus Milchglas. Als sie auf der Toilette saß

stellte sie sich vor, wie es wohl einem Mann gefallen würde, wenn dieser nach einer wilden Nacht aufwachte und dann direkt auf seine pinkelnde Frau starrte. Den Gedanken verwarf Anna jedoch wieder als sie sich erinnerte, dass Bettina schon seit Jahren geschieden ist und seitdem Gerüchten zufolge den Männern absichtlich fern blieb. Es dauerte eine gefühlte Stunde, bis sie die Klospülung fand und sich ein bisschen frisch gemacht hatte.

Anna nannte das tägliche Morgenprozedere immer „Restaurierung" oder „retten, was noch zu retten ist". Sie wusste, dass sie damit leicht übertrieb, denn wenn sie sich auch nicht überragend hübsch fand, wusste sie, dass sie zumindest nicht gänzlich hässlich war. „Tageslichttauglich" pflegte Annas älterer Bruder Dirk stets scherzhaft zu sagen. Tatsächlich war Anna nicht hässlich. Vermutlich gab es kaum eine Frau, die dieses zu Unrecht herabgewürdigte Straßenköterblond mit so viel Überzeugung und Anmut trug. Ihre Haare waren halblang und dick. Sie ging einmal in zwei Monaten zum Friseur und ließ sich ihre Spitzen schneiden. Mehr brauchte sie an Schönheitsritualen nicht. Anna war zierlich, aber nicht zu zart. Sie hatte bis vor ein paar Monaten intensiven Sport betrieben, was man ihr auch immer noch ansah. Zwar hatte sie von einen auf den anderen Tag mit dem Training aufgehört, aber durch das unregelmäßige und gehetzte Essen nahm Anna nicht zu. Das schätzte sie jedoch eindeutig zu wenig. Mit einer weiteren Tasse Kaffee nahm sich

Anna die Tageszeitung und setze sich an den großen Esstisch in Bettinas Wohnküche. Sie ging die Wohnungsanzeigen durch und stellte fest, dass sie nicht wirklich wusste was sie überhaupt suchte. Was Kleines zum Einkuscheln oder eine größere Wohnung zum Ausbreiten? Sollte sie in der Innenstadt liegen oder lieber am Stadtrand? Ihr war zwar klar, dass es im Stadtgebiet sein soll, aber sie wusste nur zu gut, dass das keine Garantie für ein ordentliches Stadtleben war. Es gab Stadtteile, von denen Anna nur gehört hatte, aber nicht sicher war, ob sie wirklich existierten, weil sie so weit außerhalb lagen. Sollte es Bürgerfelde werden mit seinen Altbaucharme oder doch lieber das pralle Leben in der Innenstadt? Das altehrwürdige Gerichtsviertel oder doch lieber nah am Leben in Kreyenbrück? Sie liebte Oldenburg und konnte sich keine schönere Gegend für ihre Kinder vorstellen. Eine der Dinge, die ihr an ihrer Heimatstadt schon immer gefielen war die Tatsache, dass es sowas wie ein richtiges Ghetto nicht zu geben schien. Kreyenbrück, was immer als „Kreyenbrooklyn" oder „Kreyenbronx" verschrien war, kam nicht im Ansatz dem nahe, was man in anderen Städten zu sehen bekam. Was sie mal wieder in der These unterstützte, dass die Oldenburger keine wirkliche Ahnung haben, was ein richtiges Ghetto ist. Nicht dass Anna wirkliche Ahnung davon gehabt hätte, wenn sie nicht schon mal in Berlin-Kreuzberg für ein vierwöchiges Praktikum gewohnt hätte.

Weil sie sich damals keine eigene Wohnung in Berlin leisten konnte und die Wohnheime in der Nähe überfüllt waren, mietete sie ein Zimmer bei einem alleinstehenden, sehr den Zigarren zugewandten Handwerker. Das Zimmer war nicht mehr als acht Quadratmeter groß und auf der Matratze hatten vermutlich schon viele andere Seelen zuvor geschlafen, wenn sie nicht am Zigarrenqualm im Schlaferstickt waren. Von dem Handwerker sah sie nur wenig, lediglich einmal klopfte er an die Tür, streckte ihr einen selbst gedrehten Joint entgegen und fragte „Willste ooch een'?". Annas erschrockenes Gesicht verriet ihm wohl, dass sie nicht interessiert war und so schloss er die Tür mit einem „Jut denn eben nich'" wieder hinter sich. Jeden Morgen wenn sie aufstand klebten ihre Hausschuhe am Boden fest. Sie hatte schon mehrmals den Versuch unternommen, diesen klebrigen Fleck Was-auch-immer vom Boden zu entfernen, aber dieser hatte sich wohl vorgenommen für immer als mahnendes Zeichen zu bleiben.

Als Tochter eines typischen Mittelschicht-Ehepaares mit Reihenendhaus in einem Oldenburger Randstadtteil, inklusive zweier Autos, zwei Fernreisen im Jahr, zwei Kindern und der Mitgliedschaft in einem Stadtteilsportverein kannte sie nur das blumig-nette Großstadtrand-Leben mit den ebenso blumig-netten Nachbarn, noch viel blumigeren Gärten und den Skatabenden mit Freunden aus dem Kegelclub ihres Vaters. Das Schlimmste was Anna je miterlebte waren unangespitzte Bleistifte im Matheunterricht und später ein Streit zwischen zwei sehr ungepflegten Menschen im Bus auf dem Heimweg vom Kino als sie vierzehn Jahre alt war. Kurzum, in ihrer in Watte gepackten Jugend gab es kaum unangenehme Zwischenfälle. Doch sie wollte sich später mal sagen hören „Man war das eine runtergekommene Butze in der ich da gewohnt habe in Berlin, aber man erlebt da unheimlich viel und lernt voll die interessanten Leute kennen." So was hörte sie ziemlich oft von den zahlreichen Studenten und Anna kam sich jedes Mal außerordentlich langweilig vor, wenn sie auf einen davon traf.

Anna blätterte weiter durch die zahlreichen Wohnungsanzeigen. Unabhängig von der Lage ihrer zukünftigen Wohnung musste sie sich eingestehen, dass sie keine genauen Vorstellungen von dem hatte, was zu ihr passte. Ihre derzeitige Wohnung hatte Jonas damals ausgesucht. Bei der Besichtigung war sie zu Jonas' Ärger nicht dabei, weil sie wieder einen Termin hatte, der wichtiger war. Sie waren dort vor nicht einmal zwei Jahren eingezogen. Jonas hatte auf einen Umzug bestanden, weil er die vorherige Wohnung zu klein fand. Er achtete darauf, dass es noch ein extra Zimmer gab, zwei Waschbecken und einen großen Außenbalkon. Sie war aber diesbezüglich eher praktisch veranlagt und überließ Jonas nur zu gern die Auswahl des Domizils. Ein Bett, ein Kühlschrank und ein sauberes Bad reichten vollkommen aus. Keine Frage, sie würde bei der kommenden Wohnungssuche Hilfe brauchen. Anna studierte die Makleranzeigen und stieß auf ein Inserat eines Herrn Konrad. *Henrik Konrad. Ich finde die richtige Immobilie für Sie. Zu jeder Tageszeit und auch kurzfristig,* las Anna lautlos mit. -Ein spontaner Makler? Das hörte sich doch gut an. Anna wählte die Nummer.

Das Freizeichen ertönte nur einmal und es meldete sich schon eine Männerstimme am Telefon: „Konrad."

„Ja ähh hallo...Wilmers hier. Ich suche..." Anna hielt kurz inne.

„Eine Wohnung?", entgegnete der Mann im anderen Ende. Die Stimme klang außerordentlich jung und doch seriös. Allerdings hatte Anna keine Vorstellung davon, wie eine unseriöse Stimme klang.„Ja richtig. Ähem...also ich suche eine Wohnung. Zu sofort. Haben Sie einen Termin frei?"

„Sie suchen eine Wohnung? Trifft sich gut. Ja klingt so, als wären sie da bei mir richtig.", antwortete der Mann scherzhaft, wurde aber sofort wieder ernst. „Das lässt sich einrichten. Allerdings erst heute Nachmittag. Sagen wir 15 Uhr? Was genau suchen Sie denn?"Anna hielt wieder inne. Sie war es zwar gewohnt, zügige Antworten zu liefern, aber dabei hatte sie selten einen Kater.

„Gute Frage. Ich habe keine Ahnung. Vielleicht können Sie mir das sagen?"

„Mhm...für gewöhnlich sagen meine Kunden was Sie suchen und ich suche es dann raus. Aber wir bekommen das schon hin. Also bis 15 Uhr?"

„Ja danke. Also bis dann." Anna legte hastig auf. Sie spürte eine Unzufriedenheit in sich aufsteigen. Sie hatte erwartet, dass der Makler durch das Telefon erahnen konnte, was genau das Richtige für sie sei, auch wenn sie selbst wusste, dass das wohl kaum möglich war. Anna war unzufrieden, weil sie sich plötzlich planlos und unorganisiert vorkam. Sie wollte den Termin kurzerhand wieder absagen, aber dann fiel ihr Blick auf eine kleine Wohnungsanzeige, die auf der letzten Seite erschien. >Geräumige 4-Zimmer-Whg in Eversten, EBK und großer Balkon sucht Nachmieter zum 01.01. Bitte melden unter 0152-458..< Anna musste zweimal hinschauen, doch sie erkannte Jonas Handynummer sofort. Die Beschreibung passte genau zu ihrer Wohnung. Zu ihrer Bestürzung hatte Jonas anscheinend nicht nur die Wohnung geräumt, sondern diese auch bereits gekündigt. Das hatte er offenbar schon getan, bevor Anna überhaupt von Jonas Trennungsabsichten erfuhr. Anna war außer sich vor Wut. Vor allem aber auf sich selbst. Jonas hatte ihr schon einige Wochen vor seinem Auszug damit gedroht, aber Anna war zu beschäftigt gewesen, sich damit auseinander zu setzen. Auch seine SMS von vor zwei Wochen nahm Anna nicht sonderlich ernst, sondern tat es als Schrei nach Aufmerksamkeit und wehleidigen Erpressungsversuch ab. Dabei hätte sie gut daran getan den Wortlaut >Habe gerade mit dem Vermieter telefoniert, er akzeptiert die Kündigung zum 31.12., sorry, brauche die Kaution.< etwas ernster zu nehmen. Sie war drauf und dran, einen weiteren wütenden Anruf bei Jonas zu tätigen, gestand sich aber ein, dass er nach dem gestrigen Abend sicherlich nicht mehr in seiner sonst so diplomatischen Stimmung war. Wahrscheinlich hätte er das Telefonat nicht mal angenommen, sobald er Annas Nummer auf dem Display gesehen hätte. Außerdem änderte das offensichtlich nichts an der Tatsache, dass Anna nun offenbar dringend eine neue Wohnung brauchte. Bettinas Granit-Klinik-Wohnung war sicher kein Dauerzustand. Womöglich war der Makler doch eine Hilfe und sie beschloss, ihm zumindest eine Chance zu geben und den Termin am Nachmittag abzuwarten. Was blieb ihr schon auch anderes übrig.

Alles auf Neuanfang, sagte sich im Geiste. Und schlief zur Sicherheit nochmal eine Stunde.

Kapitel 3

Nach jedem Elternabend waren Annas Eltern äußerst besorgt gewesen. „Anna ist ein ruhiges, in sich gekehrtes Kind. Das Schließen und Führen von Freundschaften fällt Anna sehr schwer. Sie hat nur ihre beste Freundin Mila; sonst verbringt sie die Zeit auf dem Schulhof allein. Anna täte gut daran, sich an dem umfangreichen Angebot an Arbeitsgemeinschaften anzuschließen. Schulisch ist sie zielstrebig und ehrgeizig, ihre Leistungen vorbildlich." pflegte die Lehrerin stets zu sagen. Es klang wie ein Text für das Halbjahreszeugnis. Anna war darüber immer verärgert, denn offenbar war es völlig egal, dass sie sich mit ihrem kleinen Freundeskreis wohl fühlte. Wie Annas Eltern wussten, konnte sie auch durchaus lebhaft sein. Das zeigte sie nur selten in der Schule, sodass der Eindruck entstand, Anna lebe zurück gezogen. Je älter sie wurde, desto mehr war ihr die Haltung der Lehrer zu ihrem Sozialverhalten egal. Sie brauchte nur ihre Bücher, ihre Lieblingsmusik und ihre beste Freundin Mila.

Jonas lernte Anna schon mit 15 kennen, als Mila sie nach langem Überreden auf eine Party mitschleppte. Sie wurden sofort ein Paar und niemand glaubte, dass sie sich jemals trennen würden. Beide waren hoffnungslos verliebt und Jonas war wohl einer der Wenigen, der Annas verletzliche Seite erkannte und damit umzugehen wusste. Er mochte ihre zurückhaltende Art und glaubte, dass sie die Richtige war. Trotz ihrer jugendlichen Naivität war Anna keineswegs unreif oder gar dumm. Mit 18 wusste Anna schon ziemlich genau, wohin die Reise für sie gehen würde. Im Grunde war ihr Leben schon lang geplant. Abitur, dann Studium, dann ein bisschen arbeiten, Geld verdienen und etwa zwei bis drei Jahre danach sollte es mit der Familienplanung los gehen. So jedenfalls die Theorie. Das Studium schloss Anna erwartungsgemäß zufriedenstellend ab, daher fand sie schnell eine Anstellung. Sie tauschte ihre farbenfrohen Oberteile und Schlaghosen gegen Blazer und Kostüme ein. Sie trug nur noch braunen statt blauen Lidschatten, falls sie überhaupt welchen trug. Der Lippenstift stand nur noch als Accessoire auf ihrem Badschrank. Blöderweise sollte das Zeitfenster von zwei bis drei Jahren, was sie sich für die Familienplanung setzte, nicht ausreichen. In ihrer Firma standen immer neue Projekte an, bei denen Anna nicht fehlen wollte und durfte. Ihr Chef spannte sie derart ein, fast so als sei sie persönlich für die Belange der Firma verantwortlich. Für Kinderwagen und Spielplatzwar einfach keine Zeit. Die Abläufe der Firma und sämtliche Projekte gingen Anna schnell in Fleisch und Blut über. Sie und Jonas fanden jedoch kaum noch Gesprächsthemen oder gemeinsame Interessen. Anna begann sich zugunsten der Firma zu verändern. Jonas beschwerte sich immer öfter darüber, dass sie immer später nach Hause kam und manchmal sogar noch die Wochenenden in der

Firma verbrachte. Doch mit der Zeit wurde Jonas des Klagens müde und zog sich immer mehr zurück. Nachdem er zum wiederholten Mal von Anna hörte, dass es nun wirklich nicht die richtige Zeit für Nachwuchs sei, nahm er sich vor dies nicht mehr zu thematisieren.

An manchen Tagen sah Anna auf dem Weg zur Arbeit im angrenzenden Park die Mütter mit ihren Kinderwagen umher streifen. Sie verspürte dann kurzzeitig das Bedürfnis nach Familie. Doch ihr kam der hormonell verursachte Kinderwunsch gegenüber einer vielversprechenden Beförderung außerordentlich lächerlich vor und ihr fiel es nicht schwer, den Gedanken vom eigenen Kind beiseite zu schieben. Diese Lobhudelei auf Kinderaugen und Kinderlachen waren ihr immer mehr zuwider und klangen für sie nur wie eine ständig stockende Schallplatte, die man auch nur hörte, weil alle anderen Schallplatten mit dem Titel „Karriere" oder „Neue Länder entdecken" bereits kaputt oder entsorgt waren. Die Entscheidung für ein Familienleben mit Kind und Kegel galt für sie nur als Vorwand für die Flucht. Als wäre man zu schwach für das wahre harte Arbeitsleben; wie ein feiger Rückzug aus der harten Karrierewelt. Als Jonas auszog wurde ihr schlagartig klar, dass er nicht ihre Meinung teilte. Jonas wollte später mit anderen blumig-netten Nachbarn und strahlenden Kinderaugen bis an sein Lebensende Skatabende veranstalten. Bei ihm blieb nur die Hoffnung, dass Anna auch mal heimisch werden wollte. Irgendwann. Und als er erkannte, dass Anna keine derartigen Pläne hatte und sich zudem immer weiter von ihm entfernte, blieb ihm nichts als der alleinige Rückzug und die neue Hoffnung, dass eine andere liebevolle Dame die Platte vom Kinderlächeln nicht oft genug hören konnte. Anna liefen die Tränen die Wangen runter während sie sich am Mittag auf den Weg in ihre Wohnung machte. Als sie den Wohnungsflur betrat, wurde sie sofort wieder daran erinnert, dass sie von ihrer Jugendliebe sitzen gelassen wurde. Die leeren Wände klagten sie regelrecht an. Langsam ging sie ins Bad, warf all ihre Kleidung auf den Boden und versuchte sich die Scham des letzten Abends herunter zu waschen. Ein bisschen fühlte sie sich wie in einem schlechten Hollywood-Film indem diese vom Schicksal gebeutelten Charakterfrauen vor dem Spiegel standen und sich mit dem Handtuch das Gesicht trockneten während sie sich ihres Elends unweigerlich bewusst wurden und sich eine Zigarette ansteckten. Die Falten waren stilvoll in Szene gesetzt und trotzdem bildschön. Sie hatte zwar noch keine Falten, aber sie war sich ihres Elends dennoch bewusst. Während Anna sich die Zähne putzte und sich dabei beobachtete wurde ihr schlagartig etwas klar: Sie war nun 32, kontinuierlich befördert, verhältnismäßig gut bezahlt, recht gutaussehend und dennoch verdammt einsam.

Alles auf Neuanfang, Anna. Da musst du jetzt durch.

Kapitel 4

Im Auto auf dem Weg zum Makler klingelte das Telefon. Sie fuhr in eine Seitenstraße. Bereits vor drei Tagen versuchte Mila sie zu erreichen und Anna nahm sich immer vor sie zu einem späteren Zeitpunkt anzurufen. Diesmal nahm sie ab, weil sie ohnehin etwas zu früh dran war und sie allmählich ein schlechtes Gewissen hatte, weil sie sich nicht bei Mila meldete.

„Wie geht's dir?", fragte Mila mit einem nicht zu überhörenden mitleidigen Unterton. „Jonas hat mich gestern am späten Abend angerufen und gefragt, ob etwas mit dir nicht in Ordnung sei. Er meinte du hättest ihn beschimpft, vermutlich warst du betrunken. Er glaubt du hättest ein Alkoholproblem- ist das zu fassen? Dieser Idiot!" Anna war auch einigermaßen sprachlos. Zwar war sie peinlich berührt, aber der Gedanke, dass Jonas sich um sie sorgte verschaffte ihr ein Mindestmaß an Genugtuung. „Ich war wirklich betrunken, Mila."

„Wie? Jetzt so richtig?"

„Ja. So richtig."

„Allein?"

„Nein, es ist doch die Zeit der Weihnachtsfeiern Mila. Und auch ich bin tatsächlich dort gewesen und hatte einen echt netten Abend. Zumindest glaube ich das. Ich kann mich nämlich an kaum etwas erinnern."

„Eine Weihnachtsfeier im November? Oha. Und da hast du mal eben in deinem betrunkenen Kopf gedacht, dass du gleich mal bei Jonas anrufst und ihm die Meinung geigst? Das finde ich schon ziemlich… bescheuert und irgendwie auch großartig. Super, Mäuschen. Ehrlich. Es passt nur so gar nicht zu dir. Ich versuche dich im Übrigen seit Tagen zu erreichen. Wir wollen morgen Abend ein bisschen durch die Stadt ziehen. Erst ein paar Cocktails und dann noch ein bisschen Tanzen gehen. Bist du dabei? Und bevor du jetzt ablehnst lass dir gesagt sein: das war keine Frage oder eine Bitte, sondern eine Aufforderung. Du musst endlich raus, raus, rahaaaauus!"

Nach dem gestrigen Trinkgelage und der Blamage vor dem Chef war Anna gar nicht nach Feiern zumute. Zumal Mila seit neustem mit so fürchterlich gutgelaunten und ausnahmslos alleinstehenden Mädels unterwegs war, die sie irgendwo auf sozialen Plattform aufgegabelt hatte. Seit ein paar Wochen war Mila Mitglied einer „Määäädels"-Gruppe, die sich zum Kaffee trinken, Cocktails schlürfen und zum Joggen gehen verabredeten. Ein paar davon lernte Anna bereits im Sommer kennen und sie war einigermaßen zufrieden und mit dem Wissen über Nagellacke und ein dutzend Männergeschichten für die nächsten Monate ausgestattet nach Hause gegangen. Jede, wirklich jede von ihnen war offen, gut gelaunt und hatte fast immer Zeit, weil sie noch studierten oder einen mega hippen Beruf hatten, bei dem sie entweder von Zuhause aus oder gefühlt gar nicht arbeiten mussten. Dabei schienen aber alle soviel Geld zu haben, dass sie sich immer in die schicksten und teuersten Klamotten einhüllen konnten. Anna erinnerte sich dann immer an ihren Studentenjob in einer kleinen Konditorei, in der sie oft Überstunden schieben musste und trotzdem gerade so über die Runden kam. Ihre damalige Chefin bevorzugte die Anwendung des Satzes „Lehrjahre sind keine Herrenjahre" und verdrängte damit immer wieder Annas Absicht nicht bei ihr in Ausbildung zu gehen. Nach Ansicht ihrer Chefin waren „diese ganzen Akademiker-Schnösel" weitab vom wahren Leben und nur ein „echtes Handwerk" noch ehrenwert. Leider war >ehrenwert< in ihren Augen ein wohl sehr dehnbarer Begriff, vor allem wenn es um die pünktliche und angemessene Bezahlung der Aushilfen oder ihrer Auszubildenden ging. Ganz zu schweigen von der Einhaltung diverser Schutzbestimmungen. Den letzten Monatslohn zahlte sie nur widerwillig, nachdem Anna ihr eröffnet hatte, dass sie demnächst das Studium beendete und eine Arbeitsstelle >bei den Bonzen> in Aussicht hatte, wie sie sie so gern bezeichnete. Anna war deshalb fast neidisch auf Milas neue Freundinnen, die mit vermeintlich wenig Aufwand ein gutes Leben führen konnten. Bei ihr dauerte es eine Weile bis der Wohlstand kam. Und auf dem Weg dorthin verlor sie viel Zeit und Nerven. Und nun auch ihre große Liebe. Das wurde ihr in diesem Moment auch bewusst. Sie hatte jahrelang gearbeitet, sich ein bisschen Geld zurück gelegt, aber glücklicher war sie dennoch nicht. Vermutlich war das auch der Grund dafür, dass Anna zu ihrer eigenen Überraschung Mila am Telefon zusagte: „Ok Folgendes: dies wird kein Abend wie in einem dieser Frauen-Filme in der die Verlassene mit ihren Freundinnen durch die Straßen der Großstadt zieht und plötzlich ihre Freiheit wieder entdeckt, den Mann ihrer Träume kennen lernt und mit ihm ganz viele Babys zeugt. Erwarte nicht, dass ich plötzlich und aus heiterem Himmel Loblieder auf das Single-Leben trällere und mit deinen Freundinnen den Sekt literweise herunter kippe. Ich gelobe hiermit, dir und deinen Freundinnen gehörig den Abend zu versauen, indem ich traurig und melancholisch in der Ecke sitze, unzureichende Antworten gebe und mir Jonas' und meine gemeinsamen Fotos im Handy anschaue während ich in meinen „Cosmopolitan" heule und danach geistesabwesend auf einer Olive lutsche."

„Ist genehmigt. Aber nur für morgen Abend. Ich melde mich später wegen Uhrzeit und Treffpunkt", antwortete Mila quietsch vergnügt und damit beendete sie das Gespräch ohne einen etwaigen Protest von Anna abzuwarten. Immer noch überrumpelt und auch ein wenig verunsichert von ihrem eigenen Vorstoß setzte Anna ihr Auto in Bewegung und fuhr zum Termin mit dem Makler.

Bring es hinter dich.

Kapitel 5

Weihnachtsfeiern sind einfach grässlich, dachte Anna auf dem Weg zum Maklertermin immer wieder. Den Gedanken, den Kollegen übernächste Woche wieder unter die Augen treten zu müssen, verdrängte sie so gut es ging. Immerhin hatten die Kollegen und der Chef sie als belastbare, resolute und ehrgeizige Mitarbeiterin kennen gelernt, wie es eine dieser hundert Musterbewerbungen (die man täglich auf den Tisch bekam) nicht besser hätte darstellen können. Sie hatte noch den kompletten Resturlaub vom Vorjahr, den sie sowieso verfallen lassen würde, sie kam morgens als Erste und ging als Letzte. Sie verließ das Büro selten ohne Mappe unter dem Arm. Der Gedanke, das mühsam erarbeite Bild, das ihr Chef von ihr haben musste, könnte nun zerstört sein, bereitete ihr Bauchschmerzen. Anna hasste es, Menschen zu enttäuschen. Zumindest wenn sie mit ihnen in einer geschäftlichen Beziehung stand.

Annas Firma hatte sich den Vormarsch des Internettes zunutze gemacht, indem sie anderen Firmen aber auch Privatmenschen eine eigene Internetpräsenz schaffte. Sie kreierten eine Homepage und schafften damit einen optimalen Werbeauftritt, der über die Jahre immer wichtiger wurde. Wer nicht die Zeit oder das Know-How hatte sich selbst so eine Seite zu gestalten, beauftragte ihre Firma dafür. Wenn dann noch das entsprechende Kleingeld vorhanden war, wurde die Homepage dann auch monatlich von einem persönlichen Betreuer aktualisiert und angepasst. Seit etwa zwei Jahren nahm man auch die Sozialen Netzwerke wie Facebook und Twitter mit ins Programm auf. Besonders Lokalpersönlichkeiten nahmen diesen Dienst gern in Anspruch und ließen sich von einem Mitarbeiter eine eigene „Gefällt mir"- Seite gestalten und auf Wunsch auch verwalten. Anna begann nach dem Studium in der Kreativ-Abteilung ihrer Firma und saß sozusagen an der Front. Sie gestaltete in den ersten drei Jahren so etwa mindestens 120 Internetauftritte, von Dachdecker-Firmen über Steuerberatervereine bis zu Seiten mit Stellenausschreibungen von Edelbordellen. Sie mochte ihre Arbeit und sie war sehr gut. Zu gut, denn nach drei Jahren wurde sie in die Verwaltungsabteilung berufen wo sie als rechte Hand des Chefs nicht nur seine Reden vorbereitete und Akquise betrieb. Natürlich brauchte eine Firma, die sich auf die Vermarktung Anderer spezialisierte, auch selbst eine eigene Internetpräsenz, was zum großen Teil Annas kreativen Händen unterlag. Sie gestaltete, surfte, recherchierte, dachte sich Angebote, Werbeaktionen, Slogans und Gewinnspiele aus. Bei wichtigen Meetings war sie immer dabei und nickte die technische und gestalterische Machbarkeit zukünftiger Projekte ab. Sie ging in ihrer Arbeit auf, liebte es einfach nur so gebraucht zu werden und nicht austauschbar zu sein. Dass man sie jetzt zwei Wochen aus der Firma komplimentierte machte sie unsicher. Sie musste alles bis zu ihrer Wiederkehr geklärt haben, um das

Bild von ihr wieder grade zu rücken. Falls das überhaupt noch möglich war.

Das Büro des Maklers lag direkt in der Innenstadt. Erst als sie den großen Schriftzug „Konrad" über dem Eingang der Villa erkannte, fiel ihr auf, dass sie jeden Morgen daran vorbei fuhr und den üppigen Efeu bestaunte. Von außen erkannte man die stilvolle Inneneinrichtung des Büros. *Sollten Glastüren ein neuer Trend geworden sein?!,* war ihr Gedanke, als sie den Flur betrat. Wenn ja, dann war dieser Trend wohl an ihr vorüber gegangen. Die Büroräume rochen nach frisch auf der Wand aufgetragener Farbe, der Geruch verbiss sich regelrecht in Annas Nasenschleimhäuten. Von außen konnte man die Größe des Büros kaum einschätzen, von innen jedoch sah man den üppigen Schreibtisch mit den üppigen Sesseln davor und einer noch üppigeren Schrankwand, die die gesamte rechte Seite des noch üppigeren Büros blockierte. Die Möbel waren alle aus glänzend dunkelbraunem Massivholz. Es fehlten nur noch die in Öl gemalten Portraits des Urgroßonkels aus dem 1. Weltkrieg und Anna hätte sich eher in einem hochherrschaftlichen Alterssitz als in einem Maklerbüro in Oldenburgs Innenstadt gewähnt. Da sich niemand im Büro befand, sie aber auch nicht auf dem Flur warten wollte, beschloss sie, sich auf einen der mächtigen Ledersessel zu setzen und zu warten. Als sie die Glastür hinter sich schloss fragte sie sich abermals, warum zum Teufel man denn überhaupt eine Tür einsetzte. Anna wartete etwa zehn Minuten bis sich die Tür hinter ihr wieder öffnete. Anfangs sah sie nur den schwarzen Anzug, die glänzenden Lackschuhe und die dunkelblaue Krawatte.

„Konrad, moin", sagte der Mann, der soeben eingetreten war und reichte Anna souverän die Hand. Um ihn zu begrüßen erhob sie sich aus dem Sesselungetüm und reichte ihm ebenfalls die Hand. Sie musterte seine Augen und stellte fest, dass sie selten so schöne braune Augen gesehen hat. Überhaupt musste sie feststellen, dass sie selten so einen schönen Mann gesehen hat. Er hatte schwarzes, kurzes Haar, welches er sich in die Stirn kämmte. Sein Teint war geradezu makellos leicht gebräunt, keine unnatürliche Solariumbräune. Sein Gesicht war schmal, jedoch war seine Statur sportlich und nicht zu dünn. Anna wagte nicht zu denken, ob er da ein Six-Pack unter seinem Hemd trug, solche Gedanken machte sie sich nie. Er grüßte sie freundlich und schaute ihr länger als nötig in die Augen, als überlege er gerade, ob er sie irgendwo her kenne. Es entstand für einen Moment lang eine Stille im Raum, in der sich beide in die Augen schauten. Dann unterbrach Anna das Szenario, welches ihr allmählich unangenehm wurde und setzte sich prompt auf den Sessel. Sie schaute verunsichert auf die Schreibtischlampe, die ihr wie alles in diesem Raum sehr protzig und größer als notwendig vor kam. Henrik Konrad war verwundert über den plötzlichen Abbruch der Begrüßung, die ganz nach seinem Geschmack war. Er kannte das allzu oft und er genoss immer wieder diese zuckersüßen Blicke der Mädels, wenn sie ihn zum ersten Mal sahen. Er war es gewohnt, dass man ihn anschaute, als hätte er die Welt erschaffen, auch wenn er sie nicht herauf beschwor. Er verschmähte lange Beziehungen, war aber für ein Techtelmechtel immer zu haben, sofern die Dame seinen Anforderungen entsprach. Zu seiner Genugtuung stellte er fest, dass diese Frau Wilmers offensichtlich Gefallen an ihm gefunden hatte. Das spürte er sofort. Sie machte einen recht schüchternen Eindruck am Telefon, der sich hier nur noch bestätigte. Und schüchterne Frauen waren sicher nicht sein Beuteschema. Allerdings musste er sich auch eingestehen, dass diese Frau schon etwas Besonderes hatte. Es war schon lange her, dass er eine Frau im Kostüm sah, dass ihr so gut stand. Sie wirkte trotz Pumps und Strumpfhosen so gar nicht stiefmütterlich, was wohl an den großen silbermatten Kreolen und den offenen Haaren gelegen haben muss. Er setzte sich an seinen Schreibtisch, den er gern scherzhaft als Chefresidenz bezeichnete und leitete routiniert das Gespräch ein: „So Frau Wilmers, Sie suchen eine Wohnung. Haben Sie sich denn auf dem Weg hierher mal Gedanken gemacht, was sie denn genau suchen?Haben Sie genauere Vorstellungen? Preis…Größe…Lage?". Anna schaute immer noch auf diemonströse Schreibtischlampe und war tief in ihren Gedanken versunken. Sie nahm ihn kaum war.

„Hallo?", fragte er höflich nach. Anna erwachte plötzlich aus ihren Gedanken und stotterte: „Ja..ja…hab ich. Also…ein Bad wäre schön. Und eine Küche."

„So so..also für gewöhnlich hat jede Wohnung ein Bad, es sei denn sie haben beschlossen in ein Drittweltland zu ziehen und es mir bisher verschwiegen.", entgegnete er süffisant. Seine Versuche, die angespannte Stimmung etwas aufzulockern, entgingen Anna nicht. Sie musste kurz lachen. Dieser Konrad hatte irgendwie was. Sie konnte jedoch nicht sagen, was genau es war. „Ja nein...also...nicht wirklich. Wissen Sie, ich habe mir bisher über sowas keine Gedanken machen müssen. Mein Freund…also mein Ex-Freund hat unsere letzte Wohnung ausgesucht und vorher habe ich nur in runter gekommenen Studenten-WG's gewohnt. Ich hab mal in einem ziemlich üblen Viertel in Berlin gewohnt. Übel war das, aber irgendwie spannend. Ich…Ich bin nicht besonders anspruchsvoll, wissen Sie."

„Dann sollten Sie es werden. Jede Immobilie hat ihren Reiz, aber ich bin mir sicher, ich finde genau die Richtige für Sie. Wie haben Sie und ihr Freund…pardon...Ex-Freund denn gewohnt?"

„90 Quadratmeter glaube ich. Großes Bad. Er hatte damals auf ein großes Bad bestanden und...ach ja…große Terrasse, Altbau, große Küche. Er hat sehr gerne gekocht. Eigentlich jeden Tag."*Großartig. Er wollte jetzt sicher wissen, was dein Ex so alles gemacht hat.*

„Ach und Sie kochen nicht gerne? Soll ich mir erst mal großes Bad und Einbauküche notieren?"

„Ja. Genau. Passt. Vielleicht…vielleicht nicht eine so große Wohnung. Ich habe nicht so viel, was ich unterstellen muss." *Genau genommen hast du gar nichts, was du unterstellen musst, weil du dir nichts angeschafft hast,* dachte Anna plötzlich. *Du hast das immer alles Andere machen lassen und jetzt stehst du da und besitzt nicht mal ein Sofa oder einen Röhrenfernseher.*

„Frau Wilmers. Ich werde den Gedanken nicht los, dass Sie einfach noch zu schüchtern sind. Los raus mit der Sprache, sagen Sie mir, was Sie schon immer mal haben wollten, es gibt doch sicher etwas, wovon Sie immer schon mal geträumt haben oder wovon Sie sich wünschten, dass Sie so was auch in der Wohnung haben. Eine Pool-Badewanne zum Beispiel?" Henrik Konrad schlug die offensive Methode an. Keine Frage, er hatte schon mehr als oft solche Kunden, die einfach nicht wussten, was sie wollten und der Makler sollte es dann richten. Oftmals entpuppten sich solche Menschen aber immer wieder als anspruchsvoller als so mancher, der mit einem A4-Spickzettel über seine Anforderungen zum ersten Termin erschien. Plötzlich stellten diese fest, dass sie doch lieber keine offene Wohnküche haben wollten, mehrere Etagen besser seien als ein Flachbau, der ihnen ja am Anfang noch soooo gut gefallen hatte und eine Sauna ganz überraschend ziemlich viel Energie verbraucht. Es dauerte manchmal Monate bis man gewissen Herrschaften eine Wohnung vermitteln konnte. Bis dahin hatte man sich ungefähr 23 wunderschöne Objekte angeschaut und am Ende ein unsicheres „Ach ich weiß nicht...irgendwie passt das nicht zu mir" auszuhalten und als krönenden Abschluss noch eine Verhandlung um die Höhe der Courtage über sich ergehen zu lassen. Wenn er sich dann nicht darauf einließ, hieß es nur: >typisch Makler. Alles Verbrecher.<Er vermutete in Frau Wilmers auch so eine Kundin, war sich aber nicht sicher. Möglicherweise würde er sich an dieser Frau noch die Zähne ausbeißen. Er hatte da so ein Gefühl.

„Also, wenn ich jetzt so drüber nachdenke. Meine Freundin sagte mir, dass es als Frau ungünstig ist, ganz unten zu wohnen. Also eine Etagenwohnung wäre gut, denke ich. Mhm...außerdem mag ich offene Wohnküchen. Da wirkt der Raum größer. Ach und keine Schrägen. Und einen Balkon. Ja...also mehr fällt mir jetzt wirklich nicht ein."

„Ja aber das ist doch schon mal was, Frau Wilmers. Ich notiere also: offen geschnittene, ca. 50-70 Quadratmeter große Wohnung mit ohne Schrägen und möglichst nicht parterre. Ist das korrekt so?" „Völlig korrekt. Klingt gut." Anna nickte zufrieden.

Anna schätzte es, wenn sie mit Profis zusammen arbeitete. Aber je mehr sie diesem Konrad in die braunen Augen schaute, fragte sie sich, wie sehr Profi sie in diesem Moment eigentlich war.

Henrik Konrad studierte sein Portfolio während eine junge, zierliche Dame mit Pferdeschwanz und Blazer wie aus dem Katalog das Büro betrat und

Anna einen Kaffee mit Milch und Zucker auf den Schreibtisch stellte. „Vielen Dank Hanna", entgegnete er ihr mit einem süffisanten Grinsen und widmete sich unverzüglich seinem Notebook. Hanna verzog sich professionell schnell wieder aus dem Büro. Herr Konrad schwieg eine Weile und war in sein Notebook vertieft während Anna geduldig wartete. „Ja. Da hätte ich was", stieß er hervor, „Das sollte passen. Ich habe sogar die Schlüssel hier. Wenn Sie Zeit mitgebracht haben, können wir gleich losziehen. Ich nehme Sie gerne mit."

Auf dem Weg zur ersten Wohnung saß Anna im Wagen von Henrik Konrad und blinzelte nach draußen. Sie fuhren die Hauptstraßen entlang und sie verfiel wieder in Gedanken.
Alles auf Neuanfang, Anna.

Kapitel 6

Die erste Wohnung lag im Stadtteil Eversten, irgendwo inmitten einer Hauptstraße, einem kleinen Park und an einer Autobahnauffahrt. Für Parks hatte Anna nicht viel übrig gehabt, außer sie eigneten sich zum Joggen. Der Park um die Ecke war ihrer Meinung nach zu klein, sie bevorzugte es lieber eine große Runde zu laufen als mehrere kleine Runden. Sie kam sich dann schnell vor wie ein Hamster im Rad. Dennoch fand sie die Gegend schön, die vielen Häuser hatten von außen so ein gemütliches Flair. Kleine Gärten, Strandkörbe, mit Efeuumrankte Fenster und bunte Fensterläden. Dann dieser typisch norddeutsche Charme, den sie trotz ihrer Vorliebe für wenig verspielte Dekoration für unverzichtbar hielt.

Das Innere der Wohnung war spontan-langweilig, aber durchaus brauchbar. Ein Bad mit Dusche ohne Fenster, aber eigener Nische für die Waschmaschine, die Küche war erwartungsgemäß lieblos, aber ebenfalls zweckdienlich wie der Rest des rechteckigen Wohnzimmers und des doch ziemlich klein geratenen Schlafzimmers. Der Balkon war in Südlage und Anna versuchte sich vorzustellen, wie sie dort jeden Abend ein Glas Wein trank und in den Sonnenuntergang starrte. Mit einer Decke auf dem Schoß beobachtete sie den hellroten Himmel und die Bäumen wie sie sich gegen die steife norddeutsche Prise zur Wehr setzten. Jonas saß ihr plötzlich gegenüber, Zeitung lesend wie immer und mit einer Tasse Kaffee in der Hand. Zwischendurch blickt er zu ihr hinüber und versucht ihr ein Lächeln abzugewinnen.

„Und wie finden Sie es", ertönte es von der Seite und Anna wurde plötzlich bewusst, dass sie sich immer noch in einer völlig leeren Wohnung auf einem völlig leeren Balkon befand. Jonas war plötzlich weg und aus ihrem Tagtraum gerissen war die Realität gleich doppelt so schmerzhaft. Die Einbauküche glich ihrer gemeinsamen Küche, was das Fass zum über Laufen brachte. Sie stellte schmerzlich fest, dass sie wohl nie auf diesem Balkon mit Jonas sitzen würde und auch er niemals mehr für sie abends in dieser Küche kochen würde. Viel schlimmer war das Bewusstsein, dass sie nie auf diesem Balkon sitzen könnte, ohne sich Jonas neben ihr vorzustellen, wie er Kaffee trinkend und nach Aufmerksamkeit flehend zu ihr rüber schaut; stetig wartend auf ein liebes Wort oder ein Zeichen, dass nun die Zeit zur Flucht gekommen ist. *Wäre ich doch lieber geflüchtet*, dachte Anna in diesem Moment.

„Hallo?", wiederholte der Makler etwas unsicher, der sich zwischenzeitlich neben sie gestellt hatte. „Sie...Sie machen so einen traurigen Eindruck, entschuldigen Sie wenn ich Sie so salopp drauf anspreche, aber hat möglicherweise ihr Ex-Freund mit der Tatsache zu tun, dass sie eine neue Wohnung suchen?" Anna war auf diesen Vorstoß nicht vorbereitet und wusste nicht, wie sie darauf antworten sollte, ohne sofort in Tränen auszubrechen. „Womöglich" war das einzige, was sie in diesem Moment entgegnen konnte ohne gänzlich in sich zusammen zu brechen. Sie senkte den Kopf und wieder liefen ihr die Tränen herunter, aber sie drehte unweigerlich den Kopf zur Seite um ihren unangebrachten, für sie völlig unprofessionellen Gefühlsausbuch zu verstecken. *Reiß dich zusammen.*

„Ja...scheiße, was. Ich kenne das. Wir haben alle Trennungen durch. Aber...diese Wohnung ist dann sicher nicht das Richtige. Schön klein und spartanisch. Da würden Sie jeden Tag nur die Bestätigung bekommen, dass sie tatsächlich alleine sind. Und der Anblick von Pärchen, die gemütliche Spaziergänge zu zweit durch den Park machen, tut Ihnen gerade gar nicht gut."

„Dann doch lieber in eine WG mit acht Mitbewohnern direkt in einem Club", scherzte sie.

„Am Besten wir schauen einfach mal weiter?!", entgegnete er.

„Ja...das glaube ich auch. Da kann ich mich gleich auf eine Hochzeitsmesse begeben."

„Sozialer Selbstmord, super Idee. Ich sehe Frau Wilmers, sie können ja doch Lächeln."

„Gewöhnen Sie sich lieber nicht daran."

Zum ersten Mal an diesem Tag konnte sich Anna ein Lachen abringen und war zum Scherzen aufgelegt. Das lag womöglich aber daran, dass dieser Henrik Konrad sie anscheinend verstand. Jedenfalls tat er so. Anna sah den Makler kurz inne haltend an, wartete und überlegte, ob ihm die Situation genauso unangenehm und befremdlich war. Sie weinte und scherzte innerhalb von wenigen Minuten und es war jedes Mal dieser Makler, der daneben stand. Wenn er nicht schon beim Telefon der Ansicht war, dass sie nicht alle Kerzen auf dem Kronleuchter hatte, dann war er es spätestens jetzt.

Henrik fühlte sich in Gegenwart dieser Dame jedoch merklich unwohl. Sie hatte eben ganz offensichtlich geweint und versucht es zu verstecken. Mit wenig Erfolg. Das war ganz sicher nicht das erste Mal für ihn, aber für gewöhnlich löste das bei ihm wahrlich kein Mitleid aus. Für Gefühlsduseleien war er zu professionell. Jeder war schließlich seines eigenen Glückes Schmied und mit schmerzhaften Trennungen kannte er sich bestens aus. Jeder Liebeskummer, sei er noch so stechend und gemein, ging einmal vorüber, das wusste er. Seine Aufgabe als Makler war es nicht, den Psychiater zu spielen und erst Recht keine Lebenstipps zu verteilen. Er selbst war sich ja manchmal nicht sicher, ob er wirklich schon über seine letzte Trennung hinweg war. Dazu war sie zu plötzlich und zu einschneidend und viel zu unerwartet. Vielleicht war es einfach nur der knurrende Magen oder tatsächlich das Gefühl, dass sie wirklich einen desolaten Eindruck machte, der ihn dazu verleitete folgendes zu sagen:„Ich mache Ihnen einen Vorschlag. Ich weiß ja nicht wie es Ihnen geht, aber ich habe echt Hunger. Gehen wir irgendwo einen Happen essen und sie erzählen mir von ihrer Traumwohnung? Und erzählen Sie mir nicht, Sie hätten keine Vorstellungen. Ich will alles wissen. Einverstanden?“

Anna war sein Blick nicht entgangen. Sie hatte bemerkt, dass er sie seit zwanzig Sekunden anstarrte und ihr Kostüm betrachtete. Sie fühlte sich wie in einem Wettbewerb auf das Urteil der Jury wartend. Es überraschte sie ein wenig, dass sein Urteil sie interessierte. Umso erleichterter war sie, als er den Vorschlag machte, etwas essen zu gehen. Sie nickte zögernd. *Eigentlich brauche ich eine Wohnung,* dachte sie sich. *Aber…*

„Einverstanden. Ich weiß auch schon wo wir hingehen.", sagte Herr Konrad und damit war die Entscheidung bereits getroffen.

Kapitel 7

Sie saßen in einer kleinen Bar in Oldenburgs Kneipenstraße, wo die Cocktails durchschnittlich, das Essen durchschnittlich und die Stimmung selbst Montagnachmittag überdurchschnittlich gut war.

Sie setzten sich in die hinterste Ecke, weil man von dort aus einen guten Blick über die restlichen Gäste hatte, aber von außen unbemerkt blieb. Anna wollte nicht riskieren, nach ihrem gestrigen Weihnachtsfeierdebakel von einem Kollegen entdeckt zu werden. Im Moment war der unverschämt gutaussehende Makler gerade die einzige Person, deren Nähe sie ertragen konnte. Das mochte auch daran liegen, dass er so wenig über sie wusste und ihr nun die Chance blieb, sich ihm gegenüber als total resolute, voll im Leben stehende und überzeugte Single-Dame zu verkaufen. Sie nahm sich vor bei ihm nicht die kürzlich verlassene in einer leeren Wohnung zurückgebliebene Karrierefrau zu sein. In ihren Gedanken stellte sie sich vor für die nächsten zwei Stunden einfach mal eine ganz andere Person zu sein, wie z.B. die erfolgreiche Karrierefrau, die sich nach einer langen Beziehung von ihrem Partner getrennt hat, da seine Lebensentwürfe einfach nicht zu ihr gepasst haben. Bis auf ein kleines Detail stimmte das ja auch. Sie bestellte ein Glas Weißwein, was ihr plötzlich in diesem Etablissement unheimlich unpassend anmutete. Die Kellnerin schaute Henrik ungewöhnlich lang in die Augen, als ob sie überlegen würde, woher sie ihn kannte. Sie erntete ein distanziertes Lächeln und verschwand mit einem „kommt sofort". In der Kneipe dominierten ganz klar dunkle Holztöne und schwarze Stoffe auf den Stühlen. Die einzigen und dafür auffälligen Farbtupfer bekam sie durch die vielen bunten Alkoholflaschen, die auf der Bar gegenüber dem Eingang aneinandergereiht waren. Als würde man sagen wollen „Willkommen liebe Alkoholiker, hier seid ihr Zuhause". Besonders in Szene gesetzt wurden die vielen Tabletts, auf denen verschiedene Bierlabels aus aller Welt gedruckt waren. Vermutlich sollte das den Eindruck erwecken, dass die Kneipe, oder zumindest der Wirt, besonders international und weltoffen ist. Oder, dass man einfach nur verdammt viel Bier an verdammt vielen Orten der Welt getrunken hat. Über die Auswahl der Kneipe war Anna ebenso verwundert wie über den plötzlich lockeren Ton des Maklers.

Henrik riss Anna aus ihren Gedanken und begann zu sprechen: „So liebe Frau Wilmers, ich biete ihnen hiermit erstmal das „Du" an. Ich bin Henrik, 33 Jahre jung, Sternzeichen Skorpion und mag asiatisches Essen."

„Ok, ich bin Anna, Sternzeichen Steinbock und mein Alter verrate ich nur über meine Leiche. Ich mag Schokolade. Ich mag nicht: Tunnel im Ohr, Blähungen und seit gestern Abend Wodka und Weihnachtsfeiern."

„Oh. War wohl nicht so gut gelaufen? Lag es am Liebeskummer?"

„Ja wahrscheinlich. Ich erinnere mich nicht an alles. Ich hab auch keine Ahnung, warum ich dir das jetzt erzähle; vermutlich weil es viel peinlicher ohnehin nicht werden kann. Ich mach so was normalerweise nicht."

„Was denn?"

„Wie was denn?"

„Na was machst du normalerweise nicht?"

„Na mich auf Weihnachtsfeiern vor lauter Liebeskummer betrinken. Das überlasse ich eigentlich lieber den Darstellern in Seifenopern. Und nicht mal denen steht das besonders gut."*Um Himmels Willen, Anna, was erzählst du da? Du benimmst dich wie ein Teenager.* Henrik schmunzelte und ein Grübchen kam zum Vorschein. *Na das wird ja immer besser. Erst sieht er aus wie ein Unterwäschemodel und jetzt hat er auch noch ein Grübchen. Großartig.* Anna versuchte sich nicht zu sehr die Nervosität anmerken zu lassen und nahm einen kräftigen Schluck von ihrem Wein. In diesem Augenblick wurde ihr klar, dass dies ein komisches Bild abgeben musste, wo sie doch gerade versicherte eigentlich normalerweise irgendwie gar nicht oder kaum und allerhöchstens wirklich nur selten zu trinken. Sie musste plötzlich selbst lachen. „In diesem Sinne Prost", sagte sie und beobachtete, wie Henrik sie weiterhin amüsiert musterte. „Tut mir leid, wenn ich so indiskret werde, aber wie lang ist die Trennung denn her? Muss ja erst kürzlich gewesen sein?" „Wie kommst du darauf? Ist etwa eineinhalb Monate her."

„Oh, das ist ja wirklich noch frisch. Dafür wirkst du verdammt souverän. Aber das dachte ich mir schon, denn eine –pardon- so attraktive Frau wie du sollte ja sonst schnell wieder einen anderen Traummann gefunden haben." Er nippte süffisant an seinem Wasser. *Warte mal, flirtet der jetzt gerade mit mir?,* dachte Anna. „Aber kommen wir mal zum Thema zurück, ich will dich ja nicht in Verlegenheit bringen. Du suchst ja eine Wohnung und niemanden, der dir aus seinem Komplimentekatalog vorliest. Ich will gar nicht so viel vorweg nehmen, aber ich glaube ich habe da etwas für dich. Ich müsste da nur noch mal nach dem Preis schauen." Er machte eine wegwerfende Handbewegung. „Klingt super, Ich schlafe zurzeit bei einer Arbeitskollegin und ich glaube sie wäre froh, wenn sie bald ihre Wohnung wieder für sich allein hat. Insofern schaue ich mir alles an, was irgendwie passen könnte."

Henrik nippte an seinem Wasser und beobachtete Anna. Es amüsierte ihn, wie sie gerade versuchte diese offensichtlich für sie ungewöhnliche Situation zu meistern. Er wusste genau, dass sie sich selten in irgendwelchen Kneipen mit fast wildfremden Leuten traf und einen Wein trank. Er vermutete sogar, dass es schon eine ganze Weile nicht mehr vorgekommen war. Dafür schlug sie sich hervorragend, auch seine unverblümten Flirtversuche grinste sie, wenn auch sehr verlegen, hinweg. Ihm fiel auf, dass er ungewöhnlich viel Spaß an diesem Treffen hatte. Für gewöhnlich traf er auf Frauen mit mehr Selbstbewusstsein. Darüber beschwert hatte er sich nie, immerhin war dies ja seine Zielgruppe gewesen. An den meisten Abenden ging er in einschlägige Clubs und Diskotheken und setzte sich an eine Bar. Es dauerte selten länger als eine halbe Stunde bis sich irgendeine aufreizend gekleidete junge oder nicht mehr ganz so junge Dame neben ihn setzte und interessiert auf seine rechte Hand blickte. Da sie dort keinen Ehering vorfand, wanderte der Blick meist automatisch in Höhe seines Gesichtes. Es war nun ein Leichtes für ihn, die Dame um den Finger zu wickeln. Manchmal ärgerte es ihn, dass es kaum mehr als einen alten ausgedienten kessen Spruch zu schmettern galt und schon saß man im Taxi mit einer ziemlich willigen Frau, deren Name er schon wieder vergaß, bevor sie ihn vollständig ausgesprochen hatte. Flirtversuche mit Klientinnen hatte er sich bis dato selbst untersagt. Das war auch nicht schwer für ihn umzusetzen, da er bis etwa vor einem halben Jahr noch mit seiner damaligen Freundin seine Maklerkanzlei teilte. Die Zusammenarbeit war beruflich und privat just beendet, als er an einem unschuldigen Freitagabend in ihr Büro eintrat und sie es mit einem ihrer über 25 Jahre älteren Klienten auf ihrem Bürostuhl trieb. Seitdem hielt er nicht viel von Affären mit Klientinnen, aber noch weniger von Beziehungen. Franziska zog zwei Wochen später reumütig aus und seitdem zogen viele Frauen in seiner Wohnung ein. Jedoch nie länger als eine Nacht. Er war kein Macho oder Aufreißer. Er nahm sich nur das, was sowieso zu haben war.

75

Bevor er eine Frau mit zu sich nahm, hatte er ihr bereits offen und ehrlich gesagt, dass er kein Interesse an etwas festem hatte und er sehr verbunden wäre, wenn es nach dieser hoffentlich schönen Nacht keine fließenden Tränen geben würde. Gegen ein gemeinsames Frühstück hatte er nichts einzuwenden, allerdings nur, wenn er den Eindruck hatte, dass die Dame sich bewusst war, dass das nicht zur Gewohnheit wurde. Herzen brechen war nicht sein Stil, er verabscheute es sogar zutiefst.

Was genau ihn dazu bewog mit dieser Anna Wilmers zu flirten wusste er in diesem Moment aber auch nicht. Es reizte ihn womöglich die Sympathie einer Frau zu gewinnen, die man nicht mit billigen Anmachsprüchen beeindrucken konnte, weil sie ohnehin schon wusste, dass sie mit ihm im Bett landen würde. Bei ihr musste Ma(n)n sich Mühe geben. Und das hatte er schon fast verlernt. Sie war kein Dummchen und kein Modepüppchen. Eine Frau mit Stil. Er bemerkte, dass er sich in seinen Gedanken abermals verlor und riss sich selbst daraus. Neben der Tatsache, dass Anna den klassischen Büro-Burberry-Stil verkörperte wie keine Andere, war sie auch eine wirkliche Schönheit. Keine 12cm-Absatz-Schönheit und keine Rote-Lippen-und-Plastik-Fingernägel-Schönheit, sondern eine fast beschämende Natürlichkeit, die mit Ausnahme von Puder und etwas Mascara wohl völlig ohne Make-Up auszukommen schien. Er entdeckte einen kleinen Pickel auf ihrer Stirn und starrte ihn an.

Anna schien das zu bemerken und strich sich nervös den Pony in die Stirn.

Sie unterhielten sich noch eine Weile über ihre Arbeit, ihren Werdegang und über ihre Jugendsünden in Form von Schlaghosen und schrecklichen Frisuren. Sie stellten nicht nur fest, dass sie im selben Alter waren, sondern auch eine Vorliebe für Essen hatten. Viel offensichtlicher aber war, dass sie beide kaum Zeit für einen Restaurantbesuch hatten, weil sie zu viel arbeiteten. Nach einer Stunde wusste Henrik, dass er unbedingt mehr über Anna erfahren wollte, weil er sie zu interessant fand, um sie nur für eine Nacht zu gewinnen. Gegen jede selbst auferlegte Makler-Klienten-Regel beschloss er deshalb sie zu einem Abendessen einzuladen. Rein geschäftlich versteht sich. Er musste es nur seriös genug verpacken.

„Anna, ich pflege mit meinen Klienten ein Abendessen abzuhalten, um ein bisschen mehr über deine Vorstellungen von einer passenden Immobilie zu erfahren. Mir scheint bei dir macht das besonders viel Sinn, da du ja keine konkreten Vorstellungen hast. Passt es dir morgen Abend vielleicht?"

„Sehr gerne", antwortete Anna wie automatisch und übersah sein verschmitztes Lächeln nicht. Sie war überrascht von ihrer eigenen schnellen Antwort. Es war ihr neu, dass man als Makler schon vorher seinen Klienten zu einem Essen einlud, schon gar nicht zu einem Abendessen. Verabredete sich dieser Makler gerade mit ihr zu einem Date? „Morgen leider nicht, ich bin bereits verabredet" lehnte Anna ab. Es stimmte ja auch. Wenn sie Mila absagte, würde sie sie vermutlich nie wieder fragen, ob sie was mit ihr zusammen unternehmen will. Zu Recht, denn in der Vergangenheit hatte Anna einfach zu oft Treffen abgesagt. Vor ein paar Monaten hatte sie Mila sogar einmal wegen eines eingeschobenen Meetings versetzt. Anna erinnerte sich noch sehr gut an die zwei Tage andauernde Funkstille zwischen ihr und Mila und die Versöhnung, die ziemlich deutliche Worte Milas leider beinhaltete. Anna nahm sich daraufhin vor, in Zukunft zuverlässiger zu sein. Henrik winkte ab. „Ok, kein Problem. Dann am Dienstag nächste Woche? Den Rest der Woche habe ich wieder Termine. Bis dahin habe ich auch noch ein weiteres Objekt gefunden, was ich dir zeigen kann."

„Klingt gut."

„Ok dann Dienstag acht Uhr? Komm zu mir ins Büro und wir gehen dann zusammen dort hin."Beide schnappten sich synchron ihre Handys und trugen in den Kalender den Termin ein, was Henrik mit einem Lächeln quittierte. „Was sagst du? Du zahlst heute- ich dafür nächste Woche? Ihr modernen Frauen von heute mögt es ja, wenn man euch die Rechnungen zahlen lasst." Und während Anna überlegte, wie sie es Bettina beibringen sollte, dass ihr nächster Besichtigungstermin erst in vier Tagen ist, antwortete sie lächelnd: „Die moderne Frau von heute ist einverstanden. Ich hätte aber auch kein Problem damit gehabt, wenn du mich eingeladen hättest. Ihr modernen Männer von heute mögt es ja immer noch, wenn ihr den Gentleman heraus kehren könnt." Sie lächelten sich beide verlegen an. Sie schienen das Gespräch beide zu genießen und man konnte dem jeweils anderen ansehen, dass er gerne noch weiter dort geblieben wäre. Sie standen auf, verabschiedeten sich förmlich und gingen ihrer Wege. Beide drehten sich nochmal um und winkten dem anderen gewollt fröhlich und locker zu, bis sie sich nicht mehr sehen konnten.

Kapitel 8

Es war Samstagmittag, typisches Oldenburger Schietwetter und Anna hockte mit Bettina auf dem Balkon ihrer Wohnung. Bettina beobachtete Anna wie sie vor sich hin sinnierte und langsam ihren Tee austrank.

„Ich brauch mal kurz ein bisschen frische Luft", sagt Anna und stand auf.

„Tu das, Liebes. Sei so lieb und schau bitte mal in den Briefkasten wenn du wieder zurück kommst. Ich erwarte wichtige Post.", entgegnete Bettina nur und widmete sich wieder ihrer Tageszeitung.

Anna zog sich ihre Jacke über und lief durch das Treppenhaus nach draußen und überlegte, was sie jetzt machen sollte. Sie hatte das Gefühl gehabt, ihren Kopf frei bekommen zu müssen, aber zum Joggen fehlte ihr immer noch die Motivation. Sie lief ein paar Straßen weiter ziellos umher und überlegte sich spontan, zum Hafen zu laufen und die Schiffe zu beobachten. Sie nahm Platz auf einer Bank und saß dort eine Weile, schaute gedankenverloren auf die Segel der Schiffe, hörte hier und dort ein paar Möwen und nahm nebenbei ein paar Schritte vorbei spazierender Menschen war. Sie tippte auf ihrem Handy umher, prüfte ihre Mails, sah sich zum wiederholten Male die alten Fotos von Jonas und ihr an. Die gemeinsamen Fotos wurden immer weniger, je aktueller sie wurden und doch tat jedes einzelne von ihnen immer noch weh. Sie löschte sie nach und nach und kam in einen regelrechten Wahn, wollte plötzlich nichts mehr in ihrem Handy haben, was im Ansatz mit Jonas zu tun hatte. Sie löschte seine Bilder, seine Nachrichten jedoch nicht ohne sie vorher nochmal zu lesen. Sie widmete jeder Nachricht die gleiche Aufmerksamkeit, als wollte sie zum Abschied nochmal höflich sein. Sie laß und löschte, laß und löschte bis irgendwann keine Nachricht und kein Bild mehr von ihm zu finden war. Sie zögerte kurz als sie seine Telefonnummer vor sich auf dem Display sah, aber nutzte ihre Wut und löschte die Nummer. Es fühlte sich so gut an, dass sie nicht zu weinen gedachte. Vielmehr war es ein Schlussstrich. Ein Schnitt.

„Anna?", hörte sie plötzlich und riss sie aus ihren Gedanken.
„Oh hey, Sie..ich meine du auch hier?", fragte sie Henrik, der gerade ungewohnt leger gekleidet mit Jeans und Poloshirt auf ihre Schulter tippte.
„Cool, was machst du denn hier alleine? Doch nicht etwa wieder in Liebeskummer versenken?"
„Nein Nein, im Gegenteil.", gab sie zurück. „Und was machst du hier?"
„Was ne Frage, am Hafen gibt's nun mal die besten Fischbrötchen und ich musste mal raus."
Anna stand kurzerhand auf „Fischbrötchen? Auja, ich bin dabei. Ich könnte auch einen kleinen Spaziergang vertragen."
„Gute Idee, ich hatte schon ewig keinen Spaziergang mehr. Wir unbelehrbare Arbeitstiere bekommen erfahrungsgemäß zu wenig Bewegung,

wenn du mich fragst. Besonders du als Sesselfurzerin, oder?", neckte Henrik und wagte damit den Vorstoß. Anna nickte nur zurückhaltend und war dennoch froh über die unerwartete Begegnung. Sie mochte Henrik anscheinend und das nicht nur, weil er sie offenbar auf andere Gedanken brachte. Ihr war in den letzten Wochen einfach alles egal geworden. Sie meldete sich nicht mehr bei Mila und ging nicht mehr ans Telefon. Sie rief nicht mehr bei ihren Eltern an und zog sich immer mehr zurück. Es war ihr egal, wie andere über sie dachten und das machte die Sache noch schlimmer. Was Henrik über sie dachte, war ihr allerdings nicht egal. Aus irgendeinem Grund wollte sie ihm gefallen und das gefiel ihr.

Sie liefen zum Fischstand der keine fünf Gehminuten entfernt war. Das neue Hafenviertel war gerade dabei, sich heraus zu putzen. Vor einigen Monaten war es noch der Schandfleck der Stadt und nun standen dort teure Appartements, es entstanden kleine Kaffees und einige Kleinunternehmer und Architektenbüros ließen sich dort nieder. Die braunen Schotterstraßen um den Hafen herum wichen grünem Rasen und Schilfgewächs. Sogar ein kleiner Spielplatz wurde gebaut. Henrik orderte kurzerhand zwei Backfischbrötchen mit Remouladensoße und drückte ihr eins davon in die Hand. Sie spazierten schmatzend an der erst kürzlich geschaffenen Hafenpromenade entlang. „Das wird mal ein richtig neues lebendiges Viertel hier.", sprach Henrik und biss herzhaft in sein Brötchen. Beim

Hineinbeißen tropfte die Soße auf seine Jacke. „Warte du hast dich da bekleckert". Anna blieb stehen und kramte aus ihrer Handtasche ein Taschentuch. Henrik war das ziemlich peinlich, aber er versuchte das gekonnt zu überspielen, während Anna mit dem Taschentuch fast schon mütterlich auf seinem Kragen umher tupfte. Er war fast einen ganzen Kopf größer als sie und schaute ihr direkt auf die Stirn, die nicht mal ein Zentimeter unter seinem Kinn endete. Er betrachtete ihren Haaransatz und die dicken, glänzenden Haare. Von oben sah er auch ihre langen Wimpern, die sie fein nach oben getuscht hatte. Sie bemerkte seinen Blick, aber versuchte weiterhin konzentriert den Fleck aus der Jacke zu bekommen. Als sie fertig war schaute sie nach oben und direkt in seine Augen, die gefährlich nah waren. Sie brachte nur ein schüchternes „Fertig" hervor und wich einen Schritt zurück. Henrik, dem die Situation auch nicht ganz geheuer war, räusperte sich verlegen. „Ja danke. Da hat der kleine Junge endlich wieder eine saubere Jacke." Beide grinsten verlegen und liefen weiter, bis Anna vorschlug, sich kurz auf eine der Bänke an der Promenade zu setzen. „Besser wir essen im Sitzen weiter.", fügte sie hinzu und nahm auf der Bank Platz. Henrik setzte sich hinzu. „Wie lange wart ihr denn überhaupt zusammen.", fragte er unverhohlen heraus. „Siebzehn Jahre. Er war mein allererster Freund. Habe ihn mit fünfzehn kennen gelernt und seitdem waren wir auch ein Paar."

„Wahnsinn. Das ist eine richtig lange Zeit. Umso weniger verstehe ich, warum man sich dann noch trennt. Ich meine, wenn man mal die große Liebe gefunden hat, gibt man die doch nicht mehr so einfach her... Ach, entschuldige ich glaube ich sollte so was lieber nicht sagen."

„Hey kein Ding. Klar, es sitzt noch ganz schön tief, aber ich glaube, dass es längst überfällig war. Wir... wir hatten eben unterschiedliche Vorstellungen von dem, wie wir unsere Zukunft gestalten wollen. Und je länger wir zusammen waren, desto mehr gingen diese Vorstellungen auseinander. Ich hab nur soviel gearbeitet, dass ich das gar nicht gemerkt habe."

Beide schwiegen sich an, Henrik nickte nur. Er konnte Annas Worte sehr gut nachempfinden.

„Ja...ich verstehe das. Man denkt, man kennt sich gut, aber dann merkt man irgendwie, dass es doch nicht passen könnte. Aber man will es nicht wahr haben, weil man sich sonst eingestehen müsste, dass man viele Jahre seines Lebens mit der falschen Person verbracht hat.", sagte Henrik.

„Ja, aber eigentlich ist das doch Quatsch", entgegnete Anna und fuhr nach dem letzten Bissen fort: „Nur weil sich nach meinetwegen zwanzig Jahren heraus stellt, dass es nicht mehr passt, heißt es doch nicht, dass es von Anfang an schon unpassend war. Jeder Mensch verändert sich. Warum neigen wir Menschen immer dazu, alles schlecht zu reden und als Fehler zu betrachten?"

„Keine Ahnung. Vielleicht weil es manchmal auch so ist.", sagte Henrik und hatte sofort wieder das

Bild in Franziskas Büro vor Augen. Fast peinlich berührt war er, als er daran dachte, wie er wohl ausgesehen haben muss. Wie er da stand, mit einem großen Strauß Blumen in der Hand. In Franziskas Fall war er sich sicher, dass sie von Anfang an nicht passte. Eine Frau, die ihren Partner so schamlos betrog, konnte es nicht ernst gemeint haben. Zu keiner Zeit, da war er sich sicher. Doch so oft er noch an diese Situation dachte; er trauerte Franziska nicht mehr nach. Die Trauer und das Gefühl des Verrats waren schon nach einigen Wochen in Wut umgeschlagen. Und er war nur wütend, weil sie ihn immer noch so beeinflusste, vor allem was seine Meinung über Liebe und Beziehungen betraf.

Er verbrachte viele Abende vor dem Computer und arbeitete. Liebesbeziehungen scheiterten immer wieder an seinem Wunsch auf Karriere und einem wohlhabenden Leben. Vielmehr aber daran, dass er an Liebesbeziehungen nicht mehr richtig glaubte. Er beschloss, dass so was wie Kuscheln und Beziehung ab sofort ein Schimpfwort sind. Er fühlte sich wie Til Schweiger in einem seiner romantischen Filme in denen der Protagonist, ein einsamer begehrenswerter Mann, sein Loft mit zwanzig neuen, noch versiegelten Zahnbürsten für nächtlichen Damenbesuch und einem natürlich topmodernen Fernseher teilt. Ab und zu klingelt mal eine atemberaubend schöne Frau an seiner Tür, er verführt sie und schickt sie wieder nach Hause, während sie enttäuscht drüber, dass er „nichts Festes" will, sein Auto demoliert. In letzter

Zeit nahmen jedoch die Abende zu, an denen er dieses Til-Schweiger-Leben langweilig und seltsam einseitig fand. Er sehnte sich nach einer Frau, die eine eigene Zahnbürste mitbrachte ohne gleich bei ihm einziehen zu wollen. Eine Frau, die mit ihm Arm in Arm einschlief und am nächsten Morgen zum Frühstück blieb und nicht gleich davon ausging, dass das nun jeden Tag so ablaufen würde. Er wollte sich nicht binden. Nicht jetzt. Aber zwei Dinge verwunderten ihn an Anna.

1. Dass er ihr innerhalb von zwei Tagen zweimal begegnete und

2. Er nicht in der Situation war, ihr lang und breit erklären zu müssen, dass er noch nicht bereit für eine neue Beziehung sei, er nur an etwas Zwangslosem interessiert war und er sich , falls sich was ändert, auf jeeeeeden Fall bei ihr melden würde.

Anna bemerkte, dass Henrik auch etwas nachdenklicher wurde und die Unbeschwertheit, die in der Begegnung lag, war leider verflogen. Ein Blick auf die Uhr verriet ihr, dass es außerdem Zeit war zu gehen.

„Du, ich will nicht unhöflich sein, aber ich muss los. Ich will heute Abend noch die Innenstadt unsicher machen. Genau genommen will das meine beste Freundin, aber ich gehe mit.", sagte Anna und erhob sich von der Bank. Henrik, der gerade aus seinen missmutigen Gedanken erwacht war, bemerkte, dass er wohl eine Weile geschwiegen haben muss und hatte augenblicklich ein schlechtes Gewissen. „Oh, ja natürlich, ich will dich nicht aufhalten. Wir sehen uns dann am Dienstag, wie besprochen. Ich wünsche dir einen schönen Abend und...äh...ja lass die Sau raus. Oder was man da so sagt.", antwortete er. Anna schmunzelte ihm zu, gab ihm ostentativ die Hand. „Auf Wiedersehen Herr Konrad. War eine angenehme Begegnung.

„Auf jeden Fall." Henrik sprang auf um sich zu verabschieden. Er hielt ihre Hand ungewöhnlich lang fest, schaute ihr dabei in die Augen und stockte. Sie blieben beinahe eine Minute so stehen, lächelten sich verwegen an und keiner wollte diesen Moment beenden. Eine Möwe erledigte dann den Job und flog über sie hinweg, verlor einen Haufen und verfehlte knapp Henriks Hemd. „Ich brauche unbedingt ein neues Shirt. Dieses hier scheint Flecken magisch anzuziehen", bemerkte Henrik. Anna konterte: „Ja ist auch besser so, ich hab nämlich keine Taschentücher mehr."

Kapitel 9

„Mila ich finde einfach nichts anzuziehen". Anna stand in ihrer Unterwäsche in ihrem verwaisten Schlafzimmer und wühlte in den blauen Säcken mit ihren Kleidern herum. Irgendwo musste dieser Beutel mit den schicken Ausgeh-Kleidern doch sein. Unter ihrem Kinn klemmte das Telefon an dessen anderen Ende sich Mila anscheinend köstlich amüsierte. „Nimm das Rote. Das rote Kurze. Und zieh eine Jeansjacke drüber. Trägt man heute so. Und komm bloß nicht auf die Idee hier mit Jeanshose aufzuschlagen oder in einem deiner knitterfreien Kostüme." Anna legte auf und wühlte weiterhin in ihren Sachen umher. Sie fand das rote Samtkleid und bezweifelte, dass sie noch hineinpasste. Nach sechs Wochen Single-Dasein ohne Küche war sie Dauergast in diversen Fast-Food-Läden geworden und befürchtete nun in die Breite gegangen zu sein. Zu ihrer Überraschung saß es zwar etwas eng, aber es stand ihr immer noch sehr gut. Mila wäre sicherlich begeistert. Sie legte ein bisschen Make-up auf, stieg auf ihr Fahrrad und radelte zu Mila, die nur zehn Minuten entfernt wohnte. Auf dem Weg dorthin musterte Anna die Häuser am Straßenrand. Die Straßenlaternen wirkten wie Soldaten, die die Häuser vor Eindringlingen beschützen sollten. Es war nicht abzustreiten, dass Anna sich in ihrer Heimat stets wohl fühlte und nicht daran dachte dieser Stadt den Rücken zu kehren. *Auch nicht, wenn ich jeden Tag Jonas über den Weg laufe,*

89

dachte sie sich. *Aber Gott sei Dank ist Oldenburg groß genug, dass eine Begegnung nicht zu erwarten ist.* Sie fühlte sich schlagartig sicherer und wohler in ihrer Haut und konzentrierte sich auf die Weiterfahrt. Dort angekommen, wurde sie gleich von Milas Freundin Swantje mit einer Flasche Sekt begrüßt. Swantje war ihr noch vom letzten Treffen bekannt. Sie nahm das Sektglas, welches diese ihr entgegenstreckte aus ihrer Hand und wartete geduldig bis die offensichtlich schon leicht angetrunkene Swantje Annas Glas vollständig mit Sekt gefüllt hatte. „Anna, da bist du ja. Wow du siehst großartig aus, ich bin platt", brüllte Mila aus dem Wohnzimmer als sie Anna bei Swantje stehen sah. „Leg erstmal deine Jacke ab und dann trink einen mit uns. Wir sind schon in Partystimmung und du hast was aufzuholen."
Milas strenger Blick war Anna dabei nicht entgangen und so begab sie sich ins Wohnzimmer und nahm neben Milas „Määädels", die tatsächlich alle vollzählig erschienen waren, Platz. Swantje setzte sich neben Anna und begann weiter drauf los zu plappern: „Oh Anna ich hab gehört was passiert ist. Mila hat mir alles erzählt. Es tut mir so leid, Mäuschen. Aber ist nur ein Typ von Vielen. Wir finden heute Abend den Traummann für dich."
„Ach…hat sie das erzählt, ja?" Anna machte eine auffällige, drohende Kopfdrehung zu Mila, die Annas Blick auch gleich zu deuten wusste und schuldbewusst die Zähne zusammen presste. „Da habt ihr euch ja eine Menge vorgenommen heute. Aber viel mehr als einen Traummann wünsche ich

mir erstmal eine Wohnung, in der ich nicht mein Echo hören kann." Die übrigen zahlreich versammelten Damen hatten zwischenzeitlich Annas Ankunft bemerkt und höflich ihre Gespräche über die letzte Sendung „Shopping Queen" und den neuen „total süßen Handtaschenladen in der Innenstadt" unterbrochen. Sie drehten sich in Annas Richtung und setzten ein filmreifes, betont mitleidiges Gesicht auf. Die Namen jeder einzelnen von Ihnen hatte sich Anna nicht merken können. Zwei von Ihnen waren Geschwister und trugen neben gleichem Lidschatten und gleichem Handtaschenmodell auch die gleiche Frisur. Wahrscheinlich versuchten sie damit die Tatsache zu kompensieren, dass sie zu ihrem Bedauern nur keine Zwillinge waren. Anna hatte sie nach dem letzten Treffen heimlich in A-Hörnchen und B-Hörnchen getauft und musste nun ein bisschen schmunzeln als eine der Beiden zu sprechen begann: „Also meine Schwester und ich haben ja kürzlich auch eine Wohnung in der Innenstadt gesucht. Der Wohnungsmarkt in Oldenburg ist ja katastrophal, wirklich schreeeeeecklich." B-Hörnchen machte dabei eine ausfallende Handbewegung während A-Hörnchen ihrer Schwester durch eine nickende Kopfbewegung vollste Zustimmung signalisierte. „Aber wir haben einen total tollen Makler gefunden, den wir dir nur empfehlen können. Er heißt…"

„Äh ja schon gut, ich hab schon einen gefunden. Ich hab gestern bereits die erste Besichtigung gehabt" entgegnete Anna, „aber war leider nicht von Erfolg gekrönt. Wir werden uns am Dienstag noch mal zu einer Besichtigung treffen und bei einem Abendessen meine Wünsche besprechen."

„Uhhhh bei einem Abendessen? Macht man das so? Sieht er denn wenigstens gut aus? Wie alt ist er?", unterbrach Swantje. „Ach darauf habe ich gar nicht so geachtet", log Anna. Im Grunde war es genau das, was ihr zuerst auffiel, als sie diesen Henrik zum ersten Mal sah und sie ließ die Tatsache aus, dass sie ihm heute nicht nur im Rahmen einer Besichtigung begegnet war. Anna nippte an ihrem Sekt und begann sich allmählich zu entspannen. „Er heißt Henrik Konrad und hat vermutlich auch eine eigene Internetseite. Dann könnt ihr selbst entscheiden ob er gut aussieht." Plötzlich wurde es unruhig in der Menge und Swantje stimmte einen Kanon an „zei-gen" zei-gen! zei-gen!". Mila war bereits zum Notebook gelaufen und googelte seinen Namen. Nach zwei weiteren Klicks war sie auf seiner Startseite gelandet, worauf ein großes Bild von ihm und einer anderen Frau prangte. Beide waren in feinem Zwirn gekleidet und standen charismatisch nebeneinander mit einem dankenden Blick, als wären sie soeben für den Nobelpreis nominiert worden. Darüber stand in großen Lettern „Konrad-Wiese Immobilien GmbH". Anna war diese Frau im Büro nirgends aufgefallen. Und diese vollbusige Schönheit, die er Hanna nannte und vermutlich seine „Assistentin" war, war das auf dem Foto auch nicht.

„Wow was für ein schmucker Typ. Gib es zu, Anna, den Typen hast du dir mit Absicht als Makler ausgesucht", brüllte Swantje amüsiert. „Nein, ich hab ihn über eine Anzeige in der Nordwestzeitung gefunden. Da war kein Bild drin, ich schwöre.", entgegnete Anna. Mila konterte: „Genau, und außerdem ist er wohl verheiratet und mindestens liiert. Oder wer soll die Dame auf dem Bild sonst sein?!" Mila klickte weiter auf den Button „Unser Team" und dort erschien diese Frau nochmals und sie las den Text unter dem Bild laut vor. >Unser Team besteht aus Franziska Wiese, Ihre Ansprechpartnerin für gewerbliche Kauf- und Mietinteressenten sowie Herrn Henrik Konrad, Ihr Spezialist für nichtgewerbliche Kunden. Frau Wiese und Herr Konrad sind nicht nur privat ein unschlagbares Team und freuen sich über Ihren Anruf. Die freundliche Mitarbeiterin Hanna Seifert wird Ihnen gern einen kurzfristigen Termin mit Ihrem gewünschten Ansprechpartner vermitteln.<
Anna konnte nicht sagen warum sie plötzlich so niedergeschlagen war. Dass Henrik offensichtlich eine Freundin hatte, hätte sie nicht verwundern dürfen. Aber warum hatte er das nicht erwähnt? Doch beunruhigender war, dass sie das augenblicklich beschäftigte. *Was hast du denn erwartet, Anna? Glaubst du so ein Mann ist noch Single und wartet auf Jemanden wie dich? Werd nicht albern. Betrink dich oder mach was weiß ich, aber hör mit dem Jammern auf. Sofort!* sprach sie sich geistig zu. Die mitleidigen Blicke der Anwesenden versuchte sie zu übersehen. Sie nahm

einen großen Schluck von ihrem Sektglas und deutete Mila, ihr nachzuschenken. „Ach was soll's, Anna, wir wollten ja heute Abend auch den Richtigen für dich finden.", unterbrach Swantje ihre Gedanken. „Ganz genau", wandte Mila unterstützend ein und die übrigen Frauen nickten wieder pflichtbewusst als hätte Anna gerade Motivation von mehr als nur einer Person nötig. Mila befahl den Mädchen, ihren Sekt zu trinken und sich so langsam Ausgehbereit zu machen. Etwa eine Stunde später waren alle Röcke zu Recht gezupft, die Haare gesprayt und der Lippenstift in der Tasche verstaut. Die Frauen setzten sich in Bewegung in Richtung des angesagten Clubs in einer Seitenstraße, dessen Namen sie permanent falsch aussprach. Sie versuchte sich zu entsinnen, ob und wann sie schon mal dort war. Dort musste Anna während ihres Studiums das letzte Mal mit Jonas gewesen sein. Doch sie verdrängte den Gedanken schnell wieder und widmete sich dem Gespräch von Swantje und A-Hörnchen, die angestrengt über die neue Schuhkollektion von irgendeinem Designer schwadronierten, als hinge davon ihr Leben ab. Anna nickte im Takt; als könne sie auch nur im geringsten verstehen über was die beiden gerade redeten und hoffte, dass ihre Heuchelei nicht auffiel. Sie hatte immerhin eine Weihnachtsfeier überstanden, was sollte da jetzt noch schlimmeres passieren. Für diesen Abend beschloss sie, einfach mal nicht die karrierefixierte, verlassene Frau zu sein, die sie in den letzten Wochen war. Sondern die, die sich mit Wonne über einen viel zu süßen Cocktail her machte, zu furchtbaren Popsongs tanzte und ihre Freundinnen zu verkuppeln versuchte.

Kapitel 10

Im Club angekommen saß Anna eine Weile neben der Tanzfläche, bis diese sich allmählich füllte. Die übrigen Mädels tanzten schon ausgelassen und versuchten Anna zu einem Tanz zu überreden. So richtig war ihr aber nicht nach tanzen zumute, stattdessen genoss sie ihren ersten >Sex on the Beach< seit Jahren. Sie mochte diesen süßlichen Geschmack und war gleichzeitig ein bisschen überrascht darüber, wie gut er ihr schmeckte.

Als der DJ plötzlich Swantjes Lieblingslied anstimmte und die Frauen sich aufgeregt auf der Tanzfläche einfanden, konnte selbst sie nicht mehr still sitzen. Sie erhob sich vom Barhocker und versuchte sich an einigen Tanzschritten, die sie noch aus einem Abend-Tanzkurs kannte. Jonas zwang sie seinerzeit zu diesem Salsakurs, da sie beide zu einer Hochzeit eingeladen waren und sich Jonas dort nicht blamieren wollte. Ob die Schritte tatsächlich so wundervoll aussahen oder ob es einfach nur das Wohlwollen der Mädels war, wusste Anna nicht einzuschätzen. Jedenfalls bewerteten alle übrigen Frauen, mit denen sie unterwegs war ihre Tanzversuche mit einem anerkennenden Blick und sie begannen überschwänglich begeistert zu klatschen. Anna war das mächtig peinlich und sie wurde rot, was vermutlich zwischen Neonlicht und dem immer wieder ausströmenden Rauch nicht weiter auffiel. Ihr war diese Art von Anerkennung aber in jedem

Fall unangenehm und sie schaute den Rest des Liedes nur noch peinlich berührt auf den Boden. Als der letzte Ton ausgeklungen war und ein wirklich schreckliches Lied angespielt wurde, drehte sie sich um und setzte sich wieder mit dem Rücken zur Tanzfläche an die Bar. Der Club war mittlerweile so überfüllt, dass sie Mühe hatte, vom Barkeeper wahrgenommen zu werden. Auch nach mehreren Minuten heftigem Gewinke und Gefuchtel saß Anna immer noch auf dem Trockenen und die anfängliche Beschwipstheit drohte der unendlichen Melancholie des Vorabends auf Weihnachtsfeierniveau zu sinken.

„Ich hätte gerne einen Gin Tonic und die Dame neben mir möchte bestimmt einen Weißwein?!", ertönte es neben ihr. Ein Mann quetschte sich zwischen den Menschen an der Bar zu ihr durch und er zwinkerte dem Barkeeper freundschaftlich zu. Erst auf den zweiten Blick erkannte Anna, dass der Mann neben ihr Henrik war. Er schnappte sich einen unbesetzten Barhocker, den er in der Menge ausmachte und nahm zackig neben ihr Platz. Sie schaute nur verblüfft drein und konnte eine gewisse Freude über seine Anwesenheit nicht verbergen. „Na junge Dame. Was schmollst du denn hier? Oder überlegst du nur angestrengt, wie viel Quadratmeter deine nächste Traumwohnung haben soll?" Der Barkeeper stellte die beiden Getränke vor ihnen auf den Tresen und Henrik legte einen Zehn-Euro-Schein daneben. Mit einer Handbewegung deutete er ihm, dass er kein Rückgeld haben wollte und sofort schaute er Anna wieder mit erwartungsvollem Blick an. Offensichtlich schien er auch so etwas wie Freude zu verspüren, dass er Anna wieder sah. Sein immer wieder zum Vorschein kommendes Grübchen konnte man jedenfalls nicht übersehen. „Nein, ich frage mich eher, ob du mich verfolgst.", entgegnete sie heraus fordernd.

„Soll ich?"

„Naja…also wenn es nach den Mädels geht, sollte ich mir mehr Gedanken über meinen Traummann als über meine Traumwohnung machen. Ich bin mal gespannt, bis sie mir den ersten Kandidaten schmackhaft machen möchten."

„Na das klingt ja großartig. Wer will nicht von seinen Freundinnen verkuppelt werden? Es muss sich super anfühlen, wie ein kleines Kind jemanden an die Hand zu bekommen, mit dem man den Rest des Abends Höflichkeitsgespräche und Small-talk führen muss, während man eigentlich einfach nur nach Hause will.", sprach Henrik und nahm einen großen Schluck des Gin Tonics. Anna musste auf seinen Kommentar hin lachen und Henrik verschluckte sich, angestachelt von ihrem Kichern, an seinem Getränk. Er sprach ihr aus der Seele. Wieder mal. „Ach was solls.", entgegnete Anna, „Ich werde mich heute Abend weiterhin betrinken und dann allein nach Hause gehen, ganz filmreif auf dem Heimweg im Taxi heulen und traurige Musik hören, während ich mir den Dreck der Nacht von meinen Knochen wasche. Das macht man doch als Single nach einem erfolglosen Abend so, oder?! Ach ja, da hast du ja

keine Ahnung von." Sie prostete Henrik zu, nahm einen Schluck und verlor kurzerhand das Gleichgewicht. Er wunderte sich über ihren Kommentar, schenkte ihm aber keine weitere Beachtung, weil sie offensichtlich schon angetrunken war. Er versuchte sie festzuhalten. Ihr Glas ergoss sich über sein Hemd und ihr Kleid. „Oh verdammt es tut mir so leid. Ich...ach scheiße, ich mach das wieder gut. Das ist mir so peinlich. Ich mache so was normalerweise nicht.", brachte Anna heraus, während sie in Henriks Armen wieder zu Gleichgewicht fand. Dabei fiel ihr auf, dass sie >ich mach so was normalerweise nicht< bereits zum zweiten Mal zu ihm sagte. Sie schaute ihm in die Augen und erwartete so was wie Ärger zu sehen, doch er lächelte verständnisvoll und verhalf ihr zurück auf den Barhocker. „Ich bezahle die Reinigung. Das tut mir so leid", wiederholte sie. Henrik jedoch winkte nur ab. „Wird schon wieder trocken. Klebt nur etwas. Ich bring dich am Besten nach Hause. Schlaf dich mal richtig aus."
„Oh das ist nicht nötig, ich..."
„Keine Diskussion junge Dame! Ich wusste ja nicht, dass da offenbar schon ein paar Weißwein vorher vernichtet wurden. Jetzt hab ich dich zu mehr Alkohol verführt, das möchte ich jetzt wieder gut machen." Er erhob sich vom Stuhl und bot Anna seine Jacke an. Anna bat Henrik um eine Minute Zeit um sich von Mila und den Mädels zu verabschieden. „Du gehst schon? Ist alles ok? Wie kommst du denn nach Hause?", brüllte Mila angestrengt gegen die ohrenbetäubende Musik an.

„Ja...ich glaube ich habe genug für heute Abend. Das war wohl etwas viel Sex on the Beach. Und...ich hab Henrik gerade getroffen. Er bringt mich nach Hause."

„Uhhhhh...Anna hat heute Nacht einen Schlafgast", trötete Swantje, immer noch wild umher tanzend, von der Seite. Anna lachte verlegen und umarmte Mila zum Abschied. Milas besorgter Blick entging ihr nicht, aber sie hatte keine Lust auf Diskussionen und Standpauken, so Recht Mila damit auch haben mochte. Sie hatte sich von oben bis unten mit Alkohol besudelt, war ziemlich angeheitert und wollte einfach nur noch nach Hause. Sie winkte den übrigen Frauen zu und ging mit Henrik zusammen vor die Tür. Anna nahm trotz ihres ziemlich eingeschränkten Bewusstseinszustandes sehr wohl wahr, dass Mila und die übrigen Frauen ihr und Henrik neugierig hinterher starrten und sich über ihn austauschten. Draußen vor dem Club warteten bereits zahlreiche Taxis. Henrik öffnete Anna wie ein Gentlemen die hintere Tür des Taxis und stützte sie bei dem Versuch ins Auto zu steigen. Anna war das mehr als unangenehm und sie schaute Henrik verlegen an. „Die hohen Schuhe", brachte sie als Erklärung für ihre unbeholfenen Einstiegsversuche nur heraus und hoffte, dass Henrik sich damit zufrieden gab. Henrik grinste amüsiert und setzte sich dann neben Anna. Er machte keine Anstalten sie allein zu lassen, Anna wagte es jedoch nicht, ihn zurück zu weisen, auch wenn ihr seine Anwesenheit in ihrem Zustand mehr als unangenehm war. „Wo soll's denn hin gehen?", fragte der Taxifahrer. Anna wog ab. Sollte sie in diesem Zustand wirklich wieder bei Bettina auftauchen? Sie entschied, Bettina lieber in Ruhe zu lassen und heute Nacht wieder mit ihrer Matratze vorlieb zu nehmen. Sie nannte dem Taxifahrer die Adresse ihrer Wohnung und sie setzten sich zügig in Bewegung.

Kapitel 11

Henrik griff Anna unter die Schultern und verhalf ihr durch das Treppenhaus. Sie schloss die Tür auf und zog ihre Schuhe noch im Hausflur aus. Sie ging durch den Flur zum Wohnzimmer, in der sich auch die Küche befand. Sie öffnete den Kühlschrank und sah hinein. Außer einer Packung rohe Eier und einer Flasche Weißwein war der Kühlschrank völlig leer. Nicht mal die obligatorische Flasche Ketchup war dort zu finden. *Genauso so leer wie der Kühlschrank. So fühle ich mich gerade. Erbärmlich bist du.*
Henrik, der wie urplötzlich hinter ihr auftauchte, legte die Hand auf ihre Schulter. Sie erschrak dabei; offensichtlich hatte sie Henrik bei ihrem Gedankenspiel vergessen.
„Alles in Ordnung? Kann ich dich jetzt allein lassen? Ich wollte nur sicher gehen, dass du wohlbehalten Zuhause ankommst." „Ja klar, alles in Ordnung?", antwortete Anna, „Möchtest du einen Kaffee? Nicht, dass ich so was da hätte. Wein?" Henrik zögerte. „Keine Angst. Ich fang mich so langsam wieder. Tut mir leid, für euch Männer muss es schrecklich sein, eine angetrunkene Frau nach Hause zu begleiten. Mir ist das entsetzlich peinlich. Ich meine…du bist nur mein Makler und kein langjähriger Kumpel.", sprach Anna drauf los. „Ach und langjährige Kumpels kennen das anscheinend schon von dir? Ich dachte du machst so was normalerweise nicht.", entgegnete Henrik mit gespielt zynischem

Unterton. Irgendwas an ihrem Satz hatte ihn verärgert. Er schnappte die Flasche Wein aus dem Kühlschrank. „Gläser?", fragte er und deutete auf den Karton mit der Aufschrift >Fragile<. Sie nickte verstohlen und sah ihm dabei zu, wie er den Wein in zwei Teegläser eingoss, die er als erstes zu fassen bekam.

„Das ist also deine Wohnung?", stellte er fest während er sich interessiert umschaute, „hat er etwa all deine Möbel mitgenommen?"

„Genau genommen waren es alles seine Möbel. Ich war für die Verpflegung zuständig und er für die Anschaffungen. Irgendwie verdrehte Welt. Er hat Nestbau betrieben und jetzt fühle ich mich, als wäre ich die ganze Zeit nur Zigaretten holen gewesen. Ich stehe wirklich mit Nichts da." Anna versuchte ein Lächeln aufzusetzen und prostete Henrik zu. Dieser stand direkt neben ihr und beobachtete, wie sie tapfer in ihrer leeren Wohnung stand, offensichtlich abgebrannt und von ihrem Partner verlassen. Irgendwie fühlte er sich seltsam verbunden mit ihr. Er konnte zumindest sehr gut nachfühlen wie es ist, von einem Tag auf den nächsten den Bodenunter den Füßen zu verlieren. Erst glaubte man sich noch in einer soliden, wenn auch manchmal etwas interessenlosen Partnerschaft. Er schob das immer auf die viele Arbeit, die er und Franziska hatten. Sie schliefen nicht mehr miteinander, Franziska arbeitete immer länger und er zog immer öfter mit seinem besten Freund um die Häuser. Keiner von beiden mochte wirklich mit dem anderen reden, weil man eh davon ausging, kein Verständnis zu bekommen. Doch irgendwann fasste man sich ein Herz und sprach miteinander, versöhnte sich, liebte sich eine ganze Nacht lang und schmiedete Heiratspläne. Dann der Moment, indem faktisch die Zeit kurz stehen blieb. Für Henrik war es seitdem er ultimative Beweis dafür, dass Frauen hinterhältig und lieblos sind. Anna hingegen kam ihm keineswegs lieblos vor. Immerhin war sie diejenige, die, wie auch er, im Regen stehen gelassen wurde und nun gegen das Alleinsein ankämpfte. Mit jeder Faser ihres Körpers. Henrik empfand das als stark und das machte sie für ihn zu seiner Verwunderung so anmutig. Er fühlte sich eindeutig hingezogen.„Wo schläfst du denn, wenn du keine Möbel mehr hast?", fragte er besorgt nach. Anna ging ins Schlafzimmer, in der eine große Matratze lag; mit dunkelblauem Überzug und edler Bettwäsche. Neben der Matratze standen zwei große Kerzenleuchter, davor lag ein Buch, welches offenbar auch in Benutzung war. Dies jedenfalls ließen die zahlreichen Eselsohren vermuten. „Hier.", antwortete sie knapp. „Allerdings habe ich letzten Nächte bei meiner Arbeitskollegin geschlafen. Sie hat mir ihre Schlafcouch angeboten, bis ich eine neue Wohnung gefunden habe. Ich habe das Angebot angenommen, nachdem ich beschlossen habe, dass Menschen mir wohl gerade ganz gut tun."„Wieso hat er dich verlassen?", fragte Henrik frei heraus und ohne Umschweife. Anna zuckte mit den Schultern.

„Vermutlich weil ich nur gearbeitet habe und auf seine Wünsche gar nicht eingegangen bin. Er wollte unbedingt bald Kinder, ich jedoch erst viel später. Er wollte Haus mit Garten und Teich, mir wurde bei der Vorstellung, dass ich irgendwann mit Schürze und Schaufel Stiefmütterchen einpflanze Angst und Bange. So abgedroschen wie es klingen mag...ich glaube wir haben uns auseinander gelebt und er hat es einfach nur früher bemerkt. Irgendwann hätte ich mich für eine Seite entscheiden müssen und er hat mir die Entscheidung abgenommen. Wahrscheinlich weil er wusste, dass es für ihn nicht gut ausgegangen wäre." Sie schwieg. „Wäre es nicht?", fragte Henrik. „Nein wäre es nicht. Aber nicht nur, weil ich keine Kinder und kein Haus wollte, sondern weil ich ihn wohl nicht mehr liebte. Ich bin kein arbeitssüchtiges Monster, welches nur in seinem eigenen Kosmos lebt und ohne Rücksicht auf Verluste ihren Stiefel durchzieht. Ich...hab auch Gefühle."

„Sicher hast du die.", sprach Henrik und nahm souverän auf der Matratze Platz. Er nahm einen Schluck vom Wein. Anna setzte sich zu ihm und schaute verstohlen an die Decke. So seltsam wohl gefühlt hatte sie sich schon lange nicht mehr in der Gegenwart eines Mannes; schon gar nicht eines im Grunde für sie fremden Mannes. Sie kannten sich erst ein paar Stunden, aber flirteten schon wie die Weltmeister, hatten sogar schon eine Art Vertrautheit geschaffen. Anna ließ bereits tief blicken. Das tat sie normalerweise nicht. Sie schaute ihm in die Augen und versuchte aus seinem Blick schlau zu werden. *Du bist ein hübscher, verdammt charismatischer und verdammt vergebener Mann, was willst du hier? Warum schmeiße ich dich nicht einfach raus und schicke dich zu deiner Freundin. Da wo du hin gehörst?* , beschwor sie sich gebetsmühlenartig ohne es laut auszusprechen. Henrik sprang von der Matratze auf, als hätte er ihre Gedanken gehört. Und im selben Moment bereute sie ihre Gedanken und wollte nicht mehr, dass er geht. Doch zu ihrer Erleichterung zündete er nur die Kerzen an und nahm gleich wieder neben ihr Platz. „Wenn wir schon hier wie zwei Bettler auf einer Matratze sitzen, dann doch wenigstens in einer gemütlichen Umgebung.", scherzte er. Er bemerkte ihren Blick und überlegte, wie der Abend für ihn enden sollte. Kurzerhand entschloss er sich, nicht weiter den Unnahbaren zu mimen und zog sie an sich heran. Anna ließ es geschehen und legte ihren Kopf auf seine Schulter, nahm zwischendurch einen Schluck von ihrem Wein und wehrte sich nicht, als Henrik begann sie zu küssen. Er nahm sie in den Arm, Anna erwiderte seinen Kuss. Sie sanken beide engumschlungen auf die Matratze nieder und ließen den Wein fortan die ganze Nacht unangerührt.

Kapitel 12

Anna wachte am nächsten Morgen mit einem pochenden Kopfschmerz auf. *Wird das jetzt zur Gewohnheit, dass du einen Kater vom Vorabend hast, du alte Schapsdrossel?* fragte sie sich. Neben ihr lag Henrik, der offenbar noch tief und fest schlief. Es war Sonntag und trotz des stürmischen Windes schien die Sonne und erweckte den Eindruck, dass es ein perfekter Tag für etwas Sport wäre.

Sie ging ins Wohnzimmer, wo noch ihr Handy lag und nahm die zahlreichen Anrufe der Nacht zur Kenntnis. Neben Mila, die gefühlte hunderte Male angerufen haben musste, war auch ein verpasster Anruf von Bettina auf dem Display. Anna hatte schlagartig ein schlechtes Gewissen und nahm sich vor, Bettina sofort anzurufen, nachdem sie duschen war. Anna hatte Bettina nicht Bescheid gegeben, dass sie die letzte Nacht nicht mehr ihr schlafen würde; vermutlich machte sie sich Sorgen. Der Anruf war von heute Nacht drei Uhr; vermutlich war Bettina die ganze Nacht vor Sorge wach geblieben. Sie lief zielstrebig ins Schlafzimmer auf den Karton mit den Sportklamotten zu und wühlte darin umher. Sie fand dort ihre alten, aber immer noch modischen Thermohosen und ihre Funktionsoberteile. Sie schnappte sich ihre Schuhe, zog sich ihre Klamotten über und verlor keine Zeit. Sie hatte plötzlich das große Bedürfnis die Wohnung zu verlassen und allein zu sein.

Henrik schlief immer noch tief und fest. Sie blieb kurz an den Türrahmengelehnt stehen und sah ihm beim Schlummern zu. Er sah so friedlich aus. Er lag bäuchlings in Richtung des Fensters, sodass Anna seinen prächtigen, männlichen und verdammt knackigen Hintern bei Tageslicht in Augenschein nehmen konnte. *Was für ein Hintern. Wenn er nachher noch so daliegt, muss ich ein Foto davon machen*, witzelte sie in Gedanken. Seine Haare waren völlig zerzaust und es bewegte sich sonst nichts. Sie wagte dennoch den Versuch und bückte sich neben sein Ohr: „Ich geh eine Runde laufen. Bin in einer Stunde wieder zurück." Sie bekam als Reaktion nur ein kurzes „Mhm", was wohl bedeutete, dass er es zumindest registriert hatte. Sie zog die Tür hinter sich zu und lief zum Schlosspark, der keine fünf Minuten Fußweg von ihrer Wohnung entfernt lag. Früher ging sie hier regelmäßig laufen, um den Kopf frei zu kriegen. Das war spätestens jetzt auch wieder bitter nötig.

Während Anna durch den Park lief und die Bäume beobachtete, sausten ihr tausend Gedanken durch den Kopf. Sie erinnerte sich an die letzte Nacht und seine warmen Hände, die vielen Küsse und den wirklich leidenschaftlichen Sex. Anna hatte bei Jonas immer Schwierigkeiten, sich völlig fallen zu lassen, doch dies gelang ihr bei Henrik sofort. Vermutlich eine angenehme Nebenwirkung des Alkohols, der ihr aber heute immer noch Kopfschmerzen bereitete. Ihr Kopf war wie eine tickende Zeitbombe, die bald zu explodieren drohte. Sie versuchte krampfhaft das Geschehen des gestrigen Abends einzuordnen und zu sortieren, fand aber nicht die richtige Ablage in ihrem Gehirn. Die Fakten waren eindeutig: sie hatte mit einem Mann geschlafen, den sie erst einen Tag zuvor kennen gelernt hatte, der mit ziemlich großer Sicherheit eine feste Freundin hatte und noch dazu ihr Makler war. Es lag zwar auf der Hand, dass es in seiner Beziehung schon lang nicht mehr gut laufen musste, aber sie wollte sich darüber kein Urteil erlauben. Im Grunde war er ein mieser Fremdgänger und sie war womöglich eine von vielen Klientinnen, die er aufgegabelt hatte. Auch wenn er dies sehr charmant angestellt hatte. Er schien geübt darin, Frauen um den Finger zu wickeln und Anna brauchte gestern Abend einfach Zuneigung und ein bisschen etwas von dem, was man Liebe nannte. Trotz der Tatsache, dass Henrik sie womöglich als Ventil für eine zu scheitern drohende Beziehung missbrauchte, konnte sie ihm jedoch nicht böse sein. Er hatte ihr nie etwas versprochen und sie war von Anfang an seinem Charme erlegen. Offensichtlich hatte er mehr als leichtes Spiel. Für beide war es wohl eine Win-Win-Situation, denn jeder bekam an diesem Abend, was er dringend brauchte. Nachdem Anna bereits eine halbe Stunde ihre Runden lief, machte sie kehrt um Henrik aufzuwecken und die notwendigen Anrufe zu tätigen. Besonders Bettina war jetzt wichtig. Noch während Anna den Hausflur hinauf lief beschloss sie, die letzte Nacht mit Henrik sportlich zu nehmen und nichts hinein zu interpretieren. Es würde für sie keine derartige Wiederholung geben, unabhängig davon wie Henrik dazu stand. Sie ging ins Schlafzimmer, um Henrik zu wecken, konnte ihn aber nicht mehr finden. Das Bett war fein säuberlich zusammen gelegt, ein Zettel lag darauf. Darauf stand:

> Hatte noch einen Termin und musste los. War ein schöner Abend und eine wirklich schöne Nacht. Bitte denk nicht so viel darüber nach, wir sehen uns dann Dienstag-Abend. Henrik<

Anna las den Zettel und sie überkam wieder eine Erinnerungswelle an die vergangene Nacht. Es fühlte sich keineswegs wie ein liebloser One-Night-Stand an, dafür war er viel zu liebevoll, fast schon scheu. Er berührte sie, als würde er sie bei jeder unbedachten Berührung zerbrechen. Als sei sie aus Glas. Ihr entging nicht, dass er sie beobachtete, als sie in seinem Armen, eng umschlungen einschlief. Sie rechnete jeden Moment damit, dass er routiniert aufsprang, sich die Kleidung überzog und sich distanziert verabschiedete, aber er blieb liegen und streichelte ihren Haaransatz. Anna wurde plötzlich warm in der Brust und sie schloss die Augen. Doch im nächsten Moment klingelte das Handy und sie wurde aus ihren Mädchen-Träumen jäh rausgerissen. Sie rannte zum Telefon und las den Anrufer vom Display ab: Es war Bettina. Und Anna wurde nervös.

„Bettina es tut mir so leid, ich…"

„Mäuschen. Mäuschen? Ich kann nicht lange reden. Hier ist Bettina. Du…"

„Bettina, keine Sorge, ich war gestern Abend in einer Disko versackt und dachte es wäre besser, nicht betrunken bei dir aufzutauchen Es tut mir leid, dass ich mich nicht gemeldet habe."

„Nein Mäuschen, deswegen rufe ich dich nicht an. Ich bin im Krankenhaus. Komplizierter Beinbruch.", platzte Bettina heraus.

„Um Himmels Willen, wie ist das denn passiert? Ich komme dich sofort besuchen."

„Mach dir keine Umstände, mir geht's prima hier. Ich bin in der Küche gestürzt. Tut weh, aber hier wird sich um mich gesorgt. Weshalb ich eigentlich anrufe ist Folgendes: Wenn du möchtest kannst du solang ich hier noch ans Bett gefesselt bin, in meiner Wohnung bleiben. Ich habe niemanden, der meine Blumen gießt. Und.."

„ja natürlich mache ich das, Bettina. Ich kümmere mich darum. Kurier dich gut aus und sieh zu, dass du schnell wieder auf die Beine kommst. Im wahrsten Sinne des Wortes. Ist sonst etwas für mich zu tun oder zu beachten in deiner Wohnung?", fiel Anna ihr aufgeregt ins Wort.

„Naja und ich habe diesen Nachbarn... Gruseliger Typ. Ich habe ihn neulich beobachtet, wie er auf dem Wäscheboden stand und an meiner Unterwäsche roch. Es war widerlich und er stritt natürlich alles ab. Seit letzter Woche vermisse ich meinen weißen Spitzen-BH, den ich mir für den hübschen jungen Yogalehrer aufheben wollte...ähm...naja... Es wäre gut, wenn du auf meine Wohnung aufpassen würdest. Nicht, dass ich wieder komme und ich habe keine

Unterwäsche mehr. Das könnte hier nämlich etwas länger dauern."

Bei dem Gedanken an diesen merkwürdigen Nachbarn wurde Anna ein bisschen mulmig. Gleichzeitig bekam Anna das Bild nicht mehr aus ihrem Kopf, wie die massige Bettina sich auf den dünnen Jüngling von Yogalehrer schwang, nur mit weißer Spitzenunterwäsche bekleidet. Anna machte eine Schüttelbewegung mit dem Kopf und hoffte so, dieses Bild aus ihrem Kopfkino entfernen zu können. Bis eben war Anna davon überzeugt, dass Bettina den Männern abgeschworen hat. Die Idee hingegen bei Bettina zu wohnen, war ihr sehr willkommen. Allein in einer viel zu großen unmöblierten Wohnung zu wohnen erschien jedenfalls keine bessere Alternative zu sein.

„Komm einfach in Ruhe nachher ins Krankenhaus, dann erkläre ich dir alles.", fügte Bettina hinzu und beendete das Gespräch.

Anna legte wieder auf und versuchte die neuen Informationen zu verarbeiten. Bettina war gestürzt und bot ihr für die Zeit der Genesung ihre Wohnung an. Gut. Dann wäre der Druck für die Wohnungssuche ein bisschen raus und Henrik könnte sich weiter auf die Suche machen. Der Tag begann etwas schöner zu werden. Auch wenn ihr die Sache mit Bettina natürlich leid tat. Sie kam nur nicht umhin zuzugeben, dass Bettinas Timing mehr als perfekt war.

Kapitel 13

„Du hast mit ihm geschlafen? Alter Schwede, du musst aber ordentlich einen im Tee gehabt haben", tönte es durchs Telefon. Nachdem Anna geduscht hatte, machte sie ihren obligatorischen Pflichtanruf bei Mila, die natürlich schon so etwas geahnt hatte. „Und er ist tatsächlich die ganze Nacht geblieben?", fragte sie noch einmal nach. Anna versuchte sich ihre Freude darüber nicht allzu sehr anmerken zu lassen und blieb bewusst bescheiden. Sie wusste wie Mila über One-Night-Stands dachte. Besonders wenn der beteiligte Mann bereits in festen Händen war. „Ja das ist er, aber ich bilde mir darauf nichts ein. Wir brauchten anscheinend beide ein bisschen Zuwendung. Sonst nichts. Er hat mir einen Zettel geschrieben, dass er einen Termin hat und deshalb gehen musste. Einen Termin. Zum Sonntag. Hält er mich für so sensibel, dass ich die Wahrheit nicht vertragen könnte? Mir ist völlig klar, dass das eine einmalige Sache war und ich werde damit ganz locker umgehen."

„Wenn du das so siehst, ist ja gut. Noch eine Enttäuschung verträgst du jetzt nämlich nicht, Anna. Ich mache mir sonst Sorgen. Schwör mir, dass du mit diesem zugegeben unglaublich attraktiven, sexy Makler nie wieder ins Bett steigen wirst. Im Ernst, sprich mir nach!"

„Ich schwöre, dass ich nie wieder mit diesem unglaublich attraktiven, sexy… och nee Mila, das ist albern. Ich werde es lassen, weil es falsch ist.

Ich brauche es nicht zu schwören, denn ich habe durchaus verstanden, was es bedeutet hat: nämlich nichts."

„Ok, ich hoffe es, Anna. Bleib vernünftig, Süße."

„Du...ich muss jetzt zu Bettina ins Krankenhaus. Ich melde mich später bei dir. Bis dann."

Anna fuhr in Bettinas Wohnung, packte ein paar Sachen ein, die Bettina per SMS geordert hatte und machte sich zu ihr auf den Weg ins Krankenhaus. Anna hasste nichts mehr als Krankenhäuser und konnte sich auch nicht vorstellen, dass es Menschen wie ihre Großmutter gab, die sich ständig irgendwelche Krankheiten ausdachte, um wieder mal dort untergebracht zu werden. Ihre Großmutter Elsa war nicht nur eine Hypochonderin wie sie im Buche steht, sie war auch Meisterin im diagnostizieren von eigenen Gebrechen. Immer wenn Elsa zu einem Arzt ging, stellte sie sich mit Namen, Alter, ihrer Diagnose und der bevorzugten Therapie vor: „Guten Tag, ich bin Frau XY und soundso viel Jahre alt. Seit mehreren Wochen habe ich einen spürbaren Druck im Bauchraum, vermutlich die Bauchspeicheldrüse, ich brauche eine Bauchspiegelung. Und machen Sie besser noch gleich eine Darmspiegelung mit." Die Arzthelferinnen begrüßten Oma Elsa stets mit Namen und gespielter Aufmerksamkeit; immerhin war sie mehr als bekannt. Anna vermutete, dass die Helferinnen heimlich Wetten darauf abschlossen, wann Elsa wieder zur Sprechstunde erscheinen würde und was diesmal zu untersuchen ist. Anna hatte als junge Erwachsene dann immer die glorreiche Aufgabe Oma Elsa von einem „Doktor" zum nächsten zu fahren. Sie hatte auch keine andere Wahl, denn Oma Elsa war die entscheidende finanzielle Kraft bei der Bewältigung der Fahrschule und der Anschaffung von Annas erstem Auto. Sie verfluchte sich jedes Mal, dass sie sich auf diesen Deal mit ihrer Oma einließ, obwohl selbst Annas Mutter davon abriet. Doch sie liebte ihre Oma und ihre manchmal anstrengend-schrullige Art, selbst ihre Angewohnheit ihre Stulle mit Messer und Gabel zu essen machte Elsa irgendwie liebenswert. Und so waren Anna die Gänge des Krankenhauses auch nicht unbekannt, sodass Anna Bettinas Zimmer recht zügig fand. Noch weniger überraschend war aber die Tatsache, dass sich Bettina mit Elsa ein Krankenzimmer teilte.

„Liebes, das ist aber schön, dass du mich besuchst.", tönte Elsa aus ihrem Krankenbett. Sie sah wie immer quicklebendig aus und strahlte Anna entgegen. Ihre Haare lagen wie immer perfekt und die Perlenohrringe umschmeichelten ihrem blassen, eleganten Teint. Nur Elsa brachte es fertig, sich im Krankenhaus zu schminken, hätte sie gedacht, wenn sie nicht auch Bettina kennen würde.

„Hallo Oma, das ist aber ein Zufall. Ich wusste gar nicht, dass du auch hier liegst. Ich bin eigentlich wegen Bettina hier." „Achso?!", Elsa wirkte ein wenig enttäuscht, versuchte es aber zu verbergen. „Ich wusste gar nicht, dass du hier bist. Bettina ist eine Arbeitskollegin und ich wohne zurzeit bei ihr". Bettina hatte zuerst abgewartet und als eine Redepause entstand, begann sie erst einzuhaken. „Liebes, schön, dass du da bist. Wie ich sehe, hast du auch Sachen für mich mitgebracht. Hab ich gerade richtig gehört? – Elsa ist deine Oma? Das ist ja ein netter Zufall." „Jap. Oma mütterlicherseits. Was hat sie denn diesmal?" Anna lachte und wartete auf Elsas Reaktion, die sich ihrer Hypochondrie wohl tief in ihrem Herzen bewusst war, diese aber trotzdem stets abstritt. „Wir haben schon Bekanntschaft geschlossen. Elsa hat hervorragende Kenntnisse in der Medizin. Wusstest du, dass ich wahrscheinlich Polypen habe? Ich habe seit vielen Jahren Probleme beim Atmen durch die Nase und bisher hat kein Arzt das mal untersucht. Ist das nicht unerhört?" Bettina schaute um Zustimmung heischend zu Elsa, die selbstzufrieden nickte und „wirklich verantwortungslos" faselte. Anna ging kurzerhand zu Elsa und umarmte sie. „Schön dich zu sehen, Oma. Warum überrascht es mich nicht, dich hier zu treffen? Was hast du denn diesmal? Ich hoffe es geht dir gut." Elsa konnte sich ein kleines Grinsen nicht verwehren und winkte bescheiden ab. „Hat dir deine Mutter gar nicht erzählt, dass ich hier bin? Ist ja mal wieder typisch. Sie nimmt mich gar nicht mehr Ernst. Aber das wird sie noch bereuen. Wenn ich irgendwann nicht mehr bin, wird sie wissen, dass ich mir das alles sicher nicht einbilde. Diese Schmerzen…" Elsa schob ihre Decke von ihren Beinen zur Seite und zog das

118

Krankenhausnachthemd ein Stück nach oben. Sie zeigte auf ihre Waden. „Siehst du diese Leberflecken, Anna? Es werden immer mehr. Besonders das eine Ding hier sieht besonders gefährlich aus. Das muss ich dringend untersuchen lassen." „Ok, Elsa, ja kann ich verstehen", antwortete Anna mit gespieltem Verständnis. „Aber gehörst du doch zu einem Hautarzt und nicht gleich in ein Krankenhaus."

„Nein Liebes, da hast du Recht. Ist mal wieder das Übliche. Meine Hüfte. Ich glaube diesmal ist es wirklich Ernst und ich lasse mich nicht nochmal von den Ärzten wegschicken." Elsa schaute in ihrem gewohnten Selbstmitleid an sich herab und erwartete keine weitere Reaktion von Anna, es sei denn sie käme Mitleid in irgendeiner Art gleich. „Anna ich habe gehört, dass du nicht mehr mit Jonas zusammen bist. Das tut mir sehr leid für dich. Aber trauere diesem Schnösel nicht nach. Er hat dich einfach nicht verdient, Kind. So eine hübsche Frau, die du geworden bist. Dabei war das früher gar nicht zu erwarten, so dicklich und eigenartig wie du warst."

Anna reagierte nicht auf Elsas eigenwilligen Tröstungsversuch, nahm die Tasche von der Schulter und stellte sie auf Bettinas Bett. Bettina schaute zufrieden, als sie sah, welche Kleiderauswahl Anna getroffen hatte und räumte alles wieder in die Tasche. „Räume ich nachher in Ruhe ein, Spätzelchen. Sag mir erstmal wie es dir geht?"

„Geht schon, Bettina. Ich habe einen Makler beauftragt. Dienstag schaue ich mir die nächste Wohnung an und ich hoffe es ist etwas für mich dabei." „Ist in Ordnung, aber das meinte ich nicht", hakte Bettina schnell ein. „Ich wollte wissen wie es dir geht? Du bist gestern nicht nach Hause gekommen? Du hast doch nicht etwa einsam in einer Bar gehockt und dich mit so einem Fusel betrunken, den man heutzutage angeboten bekommt?"

„Ja Bettina, fürchterliches Zeug. Davon bekomme ich immer Sodbrennen", pflichtete Elsa von der gegenüberliegenden Zimmerseite bei.

„Nein…ich war mit ein paar Freundinnen unterwegs. Wir waren etwas feiern." „Und wo hast du übernachtet?".

„Ja ich war….", Anna zögerte, „ich habe in meiner alten Wohnung übernachtet. Ich war aber nicht allein."

Bettina lächelte verschwörerisch in Elsas Richtung. „Sag bloß? Ist es das, was ich denke? Hattest du Herrenbesuch?"

„Ja also ich habe meinen Makler zufällig getroffen und wir sind ein bisschen versackt. Er hat mich dann nach Hause gebracht und ist dann einfach eingeschlafen. Aber hier geht's ja nicht um mich, wie geht's dir denn Bettina? Was macht dein Bein? Was sagen die Ärzte?"

„Ach Papperlapapp, das Bein wird gerichtet und fertig. Lenk jetzt bloß nicht ab. War es das etwa schon? Einschlafen und gut?" fragte Bettina. Anna antwortete nicht,sondern wurde schlagartig rot. Sie versuchte ihre Verlegenheit zu verbergen, doch das gelang ihr schon aufgrund ihrer Gesichtsfarbeüberhaupt nicht. Elsa musterte Anna eindringlich. „Raus damit! Wie sieht er aus? Ist er attraktiv? Ist er wohlhabend?", fragte Elsa neugierig.„Oma, er ist nur mein Makler und es war nur eine einmalige Sache. Er ist offensichtlich vergeben und denkt, ich finde es schon nicht heraus. Genau genommen ist er ein Arschloch. Aber die Aufmerksamkeit hat mir ganz gut getan." Bettina und Elsa schauten etwas enttäuscht drein. „Jetzt schaut nicht so!", setzte Anna nach. „Ich bin zufrieden. Ich suche mir jetzt eine neue Wohnung und dann gibt es einen Neuanfang."

„Bist du dir sicher, dass er vergeben ist? Ich meine, selbst wenn…dann scheint es ja nicht besonders gut zu laufen? Ist es denn so ausgeschlossen, dass er dich mag? Dein Großvater wollte mich zuerst auch nicht, weil er dieser Greta aus dem Tanzclub hinterher lief. Als sie dann schwanger vom Tanzlehrer wurde, hatte er endlich Augen für mich und dann hechelte er mir sogar hinterher." Elsa schwelgte offenbar sofort wieder in Erinnerungen.

Anna wusste, dass sie Opa Gunter sehr vermisste. Er verstarb sehr früh und sehr unerwartet an Krebs. Seit seinem Tot begann Elsa sich ständig Krankheiten einzubilden, was wohl ein Indiz dafür war, dass sie Gunters Tot nicht verarbeitet hatte. Anna bedauerte, dass sie ihn kaum kannte. Er starb als sie gerade mal fünf Jahre alt war. Seitdem blieb Elsa ohne Mann und konzentrierte sich darauf, nicht ebenfalls unterwartet zu sterben. Dies war wohl auch der Grund, dass die Familie Elsas ständige Mitleidstouren und die eingebildeten Krankheiten ohne großen Widerstand ertrug. Anfänglich noch mit großem Verständnis, später mit Verärgerung und nun mit weitgehender Ignoranz.

„Ich habe ja nie bestritten, dass er mich mögen könnte. Wir hatten eine Nacht lang Spaß und nun ist das vorbei. Ich will nichts von ihm außer einer Wohnung. Ich kann das trennen." Es entstand eine kurze betretene Gesprächspause. „Sicher, Kleines", sagte Elsa und schaute besorgt in Bettinas Richtung. In diesem Moment öffnete sich die Tür und ein junger in weiß gekleideter Mann betrat das Krankenzimmer. Er hielt ein Tablett in der Hand und ging beiden Damen mit einem riesigen Grinsen entgegen. „Essen, Mädels" flötete er Bettina und Elsa zu, die beide offenbar plötzlich das eigentliche Thema umgehend vergessen hatten. Während der junge Mann an Elsas Bett stand und ihr das Essen servierte, winkte Bettina Anna zu sich heran und flüsterte ihr ins Ohr: „Das ist der junge Praktikant. Ist das nicht ein Schmuckstück?" Bettina wartete nicht auf Annas Reaktion, sondern wendete sich sofort dem Praktikanten zu. Der Junge mochte vielleicht höchstens Anfang 20 gewesen sein. Er hatte schwarze, glänzende Haare und kleine Löckchen im Haar. Der mediterrane Einschlag in seinem Aussehen war nicht zu übersehen. Anna musste zugeben, dass er ein wirklich hübscher Mann war, wäre sie 17 gewesen, hätte sie wahrscheinlich ähnlich nach ihm geschmachtet wie Elsa und Bettina es gerade taten. Die beiden benahmen sich wie Teenager, die ihren Schwarm beim Schulfest beobachteten. Nur, dass die Schüchternheit über die Jahre wohl abhanden gekommen war. Bettina flirtete mit dem Praktikanten, den sie Pablo nannte wie eine Weltmeisterin. Ihm selbst schien die Aufmerksamkeit der beiden Damen sehr zu gefallen, denn er verließ das Zimmer mit einem Zwinkern und nicht ohne ihnen einen verspielten Handkuss zu hinterlassen. Anna nutzte die Ablenkung durch den Praktikanten als Möglichkeit, sich schnell und ohne Widerstand zu verabschieden. Sie winkte den beiden Damen noch mal zu und verließ mit Pablo gemeinsam das Krankenzimmer. Sie bemerkten Annas Abgang nicht einmal.

Kapitel 14

Anna stand wie angewurzelt vor ihrem Badspiegel und sah sich unsicher in die Augen. Sie konnte sich nicht entscheiden, ob sie das mochte, was sie da im Spiegel sah. Sie hatte zwar einige ihrer Schminkutensilien mit zu Bettina genommen, aber wie so oft fiel Anna auf, dass viel zu dunkles Puder, ein alter vertrockneter Mascara und ein bisschen Rouge, was sie von Oma Elsa zu Weihnachten geschenkt bekam, nicht ausreichten. Sie nahm einen Pinsel in die Hand, um sich ein bisschen Puder auf die Wangen zu tupfen. Als sie fertig war, schaute sie ungläubig in den Spiegel und entdeckte die zahlreichen dunklen Flecken, die sie wie einen Clown aussehen ließen. Sofort schnappte sie sich etwas Klopapier, hielt es unter den Wasserhahn und versuchte die Karnevalsbemalung vom Gesicht abzuschrubben. Sie stellte ernüchtert fest, dass man immer noch kleine dunkle Stellen sah, als ihr Handyklingelton durch die Wohnung hallte. Sie rannte durch den kleinen Flur und suchte in ihrer Handtasche hastig nach ihrem Handy. Sie schaute gespannt auf den Display und entdeckte eine Nachricht von Henrik. Annahoffte insgeheim, dass Henrik die Verabredung noch kurz vorher absagte. Sie hatte seit der Nacht, die sie zusammen verbrachten, nichts von ihm gehört. Sie glaubte, dass es mehr als unangenehm werden könnte, wenn sie sich das nächste Mal sahen sie und nun zu klären hatten, auf welche Art die Beziehung weiter zu führen sei. Anna hatte das schon in zahlreichen Filmen gesehen. Mann A landet mit Frau B im Bett. Beide sind danach peinlich berührt und wissen nun nicht wie sie miteinander umgehen sollen. B hat sich standesgemäß in A verliebt; war ja auch klar, sie ist eine Frau und natürlich schlafen solche elfengleichen Geschöpfe wie Frauen nicht einfach so mit einem Mann, sondern verlieben sich sofort. A hat aber so gar kein Interesse an B und versucht ihr das nun schonend beizubringen, da beide Arbeitskollegen sind oder in einer sonstigen Beziehung zueinander stehen, wo sie sich nicht aus dem Weg gehen können oder sogar indirekt oder direkt voneinander abhängig sind. Anna war darauf gefasst, dass Henrik heute Abend genauso eine höfliche aber bestimmte Absage erteilen wollte und sie hatte sich vorgenommen, möglichst locker zu erscheinen. Sie wollte unbedingt vermeiden, dass er Mitleid mit ihr hatte, weil er denkt, dass sie sich in ihn verliebt haben könnte. *Lächerlich. Die Zeiten in denen man einmal im Bett landet und man dann heiraten muss, sind doch vorbei. Alles easy*, redete sie sich ein, während sie seine SMS öffnete. „Ich hoffe du hast mich nicht vergessen. Bring Hunger mit. Bis gleich."Anna las die SMS aufmerksam und konnte sich ein kleines Lächeln nicht verkneifen. *Bleib cool, Anna, der ist einfach nur höflich und sägt dich heute genauso höflich ab. Du musst ihm zuvor kommen, indem du die Unnahbare spielst. Lass dich nicht zum Trostpflaster für seine verkorkste Beziehung machen.* Sie steckte das Handy wieder in die Tasche und schaute auf die große silberne Uhr in Bettinas Flur. Auch wenn sie keine Zahlen hatte und aussah wie ein an die Wand genagelter Teller erkannte Anna, dass sie in nicht weniger als zwanzig Minuten mit Henrik verabredet war und bei ihren Gedankenspielen völlig die Zeit vergessen hatte. Wie in den Hintern gestochen rannte sie zu ihrem Koffer mit ihren Kleidern, zog ein langes Etuikleid in terrakottafarben heraus und legte es an. Dazu schnappte sie sich einen dünnen schwarzen Gürtel und legte ihn um die Taille, um ihre frauliche Figur etwas besser zu betonen. Sie rannte ins Bad, um sich die Haare zu kämmen. *Dann eben offen tragen, was soll's.* Zwei Handgriffe später hatte sie aus Bettinas Schminktempel das Werkzeug für einen Lidstrich und lange Wimpern gefunden. Sie unterließ den letzten prüfenden Blick in den Spiegel und verschwand mit ihrem Mantel und der Handtasche über dem Arm aus der Wohnung.

Anna erschien pünktlich auf die Minute und parkte in der Einfahrt vor Henriks Immobilienbüro. Henrik wartete bereits vor der Tür mit Anzughose und sportlich-eleganter Oberbekleidung. Da er dies bereits bei ihrem ersten Besichtigungstermin trug war das ein erstes Indiz für Anna, dass Henrik diese Verabredung vor allem beruflichen Charakter hatte. Sie war plötzlich zufrieden mit ihrer Kleiderauswahl, denn sie hatte noch am Vormittag kurz darüber nachgedacht, ihr schwarzes Cocktailkleid anzuziehen. „Guten Abend, junge

Dame. Wow du siehst fantastisch aus.", sagte Henrik und ging mit einem breiten Grinsen auf Anna zu. Er machte einen charmanten Wangenkuss und Anna war urplötzlich wieder in Gedanken bei Samstagnacht. Sie kam nicht umhin sich einzugestehen, dass er sie ganz und gar nicht wie einen unbedeutenden One-Night-Stand behandelte. Sie musste immer wieder an seine Blicke denken, die ihr einfach nicht aus dem Kopf gehen wollten. Und nun stand er vor ihr und hatte wieder diesen Blick; teilweise verlangend, ein bisschen unsicher sogar, aber vor allem wohlwollend und vertraut. Es war schwierig für Anna, seine Blicke und sein Verhalten und das Wissen, was sie über ihn hatte, in Einklang zu bringen. Entweder war er derart unglücklich in seiner Beziehung, dass er tatsächlich auf der Suche nach etwas Neuem war oder er war schlicht und einfach ein guter Schauspieler und ein riesiger Betrüger. Was auch immer es war, Beides war ein Grund für Anna, sich von ihm fern zu halten und sich nicht noch mal auf eine Nacht mit ihm einzulassen. Die Vorstellung, dass seine Freundin gerade weinend zu hause saß und sich fragte mit wem der heute seinen Abend verbrachte machte Anna traurig. Lückenbüßerin zu sein behagte Anna noch weniger, als das Wissen, dass sie einfach nur Henriks Aufreißercharme auf den Leim gegangen war. Wie auch immer, sie musste den Abend so souverän wie möglich hinter sich bringen. Möglichst ohne unangenehme Zwischenfälle. Denn immerhin gab es ja auch etwas, dass sie von ihm wollte: eine Wohnung. Klar hätte sie sich auch einen neuen Makler suchen können, aber das hätte wieder zu weiteren Verzögerungen geführt, die sich auch trotz Bettinas Aufenthalt im Krankenhaus auf Dauer nicht leisten konnte und wollte. Ganz zu schweigen von der Tatsache, dass womöglich am 01.01. ein Umzugswagen mit den neuen Mietern vor ihrer Tür stehen würde. Sie liefen durch die Innenstadt zu einem bekannten und nicht ganz günstigen Restaurant, welches Anna und Jonas immer aufgrund der Preise gemieden hatten. Nicht, dass sie es sich nicht hätten leisten können; Jonas hatte den Besuch in solch einem Restaurant immer aus ethischen Gründen abgelehnt. Es war ihm immer zu bourgeoise und entsprach so gar nicht seinen Vorlieben für alternative Bars mit Spielecke für Kinder und offenen Diskussionsrunden bei Tee und Kaffee für die Erwachsenen. Der Kellner lächelte Henrik bereits freundlich entgegen. Offenbar kannten sie sich. *Wahrscheinlich führst du jedes Wochenende eine andere „Klientin" aus, was?* dachte Anna ohne den Gedanken laut auszusprechen, blieb aber mit versteinerter Miene hinter Henrik stehen und wartete auf die Platzzuweisung des immer noch freundlich grinsenden Kellners. Sie wurden zu einem Tisch am Fenster geführt. Der Platz war hervorragend; man konnte auf die gut gefüllte Einkaufsstraße blicken. Es war immer noch fast zwei Wochen vor Weihnachten und die Innenstadt war mit tausenden Leuten gefüllt, die immer noch kein passendes

Weihnachtsgeschenk gefunden hatten. Zwischen den Häuserreihen hatte man leuchtende Girlanden und goldene Weihnachtssterne aufgehängt. Im Grunde passte alles zusammen. Es fehlte nur noch ein klitzekleines Detail: Schnee. Den gab es in Oldenburg mit einer Ausnahme schon ein paar Winter lang nicht mehr. Meistens schneite es ein bis zwei Tage durch und nur wenn man Glück hatte, blieb der Schnee dann ein paar Tage liegen. Doch so schade, wie das auch war; wenn es doch mal anhaltend schneite und bitterkalt war wie im letzten Winter, stand ganz Oldenburg auf dem Kopf. Da wurde der Wocheneinkauf zur Zerreißprobe, denn man brauchte plötzlich dreimal so lang zum Markt wie vorher. Wer schneller als 20 km/h fuhr musste sich plötzlich fühlen wie ein Raser. Die Hauptstraßen waren hoffnungslos überfüllt mit Autos und es ging nur schleppend voran. Schlimmer waren aber Jene, die sich auf die jahrelange Abwesenheit des Winters verließen und Winterreifen für unnötiges Zubehör hielten. Kam dann mal ein Wintereinbruch, und wenn es nur 24 Stunden schneite wovon ein leichter weißer Schleier zurück blieb, fuhren alle nur noch im Schritttempo und schlitterten über die stark befahrenen Kreuzungen. Ja ja, der Winter kam ja immer so wahnsinnig überraschend in Oldenburg. Im Januar. Bei minus zwölf Grad. Anna fragte sich, wie lang der Winter diesmal auf sich warten ließ und beschloss ihm noch bis Weihnachten Zeit zu geben.„Darf ich Ihnen einen Wein empfehlen?", fragte der Kellner überschwänglich grinsend.

„Alter nicht so förmlich", scherzte Henrik und kniff dem Kellner in die Seite. „Das ist Anna, eine... Klientin. Anna, das ist mein guter alter Freund Steffen. Wir kennen uns schon seit Kindertagen." Anna atmete auf: „ Gott sei Dank, mir hat diese Freundlichkeit schon ein bisschen Angst gemacht.", scherzte Anna charmant in Steffens Richtung und ergänzte. „Wegen des Weines: überrasch mich mal. Er muss nur trocken sein." „Sehr gerne, junge Dame. Henrik wie immer?" Henrik nickte und Steffen verschwand zwischen den Tischen. „Du bist öfter hier, was?", fragte Anna interessiert nach. „Ja, mindestens einmal im Monat mit Freunden. Steffen lässt dann immer den Rest aus der Küche auf einen Tisch stellen und wir können uns den Bauch voll hauen. Du wirst dich wundern, welche Mengen an so einem Tag über bleiben. Zwischendurch bin ich aber auch hier, wenn ich besonders nette oder lukrative Klienten habe. Gut fürs Geschäft, du verstehst.", antwortete er und verstummte augenblicklich als er sich des Inhaltes seiner Worte bewusst wurde. „Also... ich hoffe du denkst jetzt nicht, dass ich dich aus irgendwelchen finanziellen Erwägungen..."

„Hey bleib locker, Henrik. Ist doch alles super zwischen uns. Mach dir keine Gedanken. Alles easy. Du hast ein tolles Restaurant ausgesucht und hast offenbar einen guten Geschmack.", antwortete Anna mit gespielter Lockerheit. Henrik war ein bisschen verwirrt, weil Anna so gequält herüber kam. Sie zappelte angespannt umher als säße sie auf einem heißen Stuhl und starrte die ganze Zeit nach draußen. Er wurde nicht schlau aus ihrem distanzierten Verhalten und hoffte, dass sie am Abend noch ein bisschen auftaute. Offenbar hatte sie aber auch wie er die zwei Tage damit verbracht, die gemeinsame Nacht irgendwie sinnvoll gefühlsmäßig einzuordnen und hoffte nun, dass Henrik den ersten Schritt machte und das Thema ansprach. Er nahm sich vor, dies später zu tun. Er wollte nicht gleich mit der Tür ins Haus fallen oder gar die ohnehin angespannte Stimmung zerstören. Dazu hatte er sich einfach zu sehr auf diese Begegnung gefreut. Sie bestellten beide eine kleine Vorsuppe und eine Hauptmahlzeit. „Teilen wir uns den Salat?", fragte Henrik ohne von der Karte aufzusehen. „Salat? Ich? Ne lass mal. Ich bin nicht so der Salat-Typ. Ich liebe Fleisch, kiloweise.", prustete Anna laut los. Etwas irritiert schaute Henrik nach oben und er beobachtete Anna einige Sekunden. Ihr leicht burschikoses Verhalten passte so gar nicht zu ihrem Aussehen an diesem Abend. Ihr Kleid war umwerfend. Es war schlicht, aber weiblich und elegant zugleich. Die Farbe stand ihr wirklich ausgezeichnet. Offensichtlich hatte sie sich sogar geschminkt, was sie selbst letzten Samstag vor der Diskothek nur zurück-haltend tat. Er musste sich ein Lachen verkneifen, als er ein paar braune Flecken im Gesicht sah, die auf ein paar Schminkexperimente schließen ließen. Oder einfach nur Zeitmangel. Er fühlte sich geschmeichelt, aber wusste dennoch nicht, wie er mit ihr umgehen sollte, denn sie wirkte so unnahbar an diesem Abend. Nach der letzten Nacht war er verunsichert und wollte erstmal ausloten wie sie zu ihm stand. Sie war jedoch an diesem Abend unerwartet kühl, was kein gutes Zeichen war. Offenbar hatte sie die Nacht nicht so in Erinnerung wie er.

Na das läuft ja super, Anna. Du kommst richtig cool rüber, ich bin stolz auf dich. Als Steffen nach der Essensbestellung wieder von dannen zog, schwiegen sich beide verlegen an. Henrik fasste sich ein Herz und sprach als Erster. „Du...wegen Samstag Nacht. Also es war... wirklich schön. Ich hoffe nur, du denkst jetzt nicht schlecht von mir. Also, dass ich öfter mit Klientinnen..."

„Nein Quatsch", Anna fiel Henrik sofort ins Wort. „Blödsinn. Ich fand es nett, dass du mich nach Hause gebracht hast, nachdem ich zu tief ins Glas geschaut habe. Und die Nacht war wirklich toll, du bist mir aber nichts schuldig. Wirklich nicht. Ich verliebe mich nicht gleich nur, weil ich mal mit einem Mann im Bett lande. Keine Sorge." Henrik hatte diese Antwort nicht erwartet und konnte seine eigene Enttäuschung spüren. Entgegen ihres bisherigen Verhaltens kam Anna bei ihrer Antwort ganz und gar nicht unsicher rüber und er war erstaunt, wie locker sie das alles zu nehmen schien. Er wurde den Gedanken nicht los, dass Anna etwas beschäftigte; vielleicht war sie einfach noch nicht über ihre letzte Beziehung hinweg und ließ etwas Neues erst gar nicht zu. Henrik blieb nichts anderes übrig, als das Thema erstmal auf sich beruhen zu lassen und den Abend weiter zu verfolgen. Er hatte keine konkreten Vorstellungen von dem Abend gehabt, doch wie er sich nun entwickelte gefiel ihm nicht besonders. Dennoch war die Situation auch für ihn neu und er nahm sich vor, Anna gegenüber weiterhin freundlich und aufgeschlossen zu sein. Aufgeben wollte er jedenfalls nicht so schnell. Dazu war diese Frau einfach zu interessant. Er brauchte eindeutig mehr Zeit mit ihr um heraus zu finden, was an ihr ehrlich und was Fassade war. Sollte er morgen die Wohnung zeigen, die er für sie so passend fand und sie würde sie nehmen, hätten sie -wenn überhaupt- nur noch eine weitere Begegnung miteinander. Er war überzeugt, dass Anna die Wohnung lieben würde, sie war wirklich auf sie zugeschnitten. Alles was nach einer erfolgreichen Besichtigung folgte, war nur noch sturer Papierkram, den man auch über die Post erledigen konnte. Das musste er verhindern.

„Und? Hast du etwas für mich gefunden? Eine neue Wohnung? Ich war schon den ganzen Tag gespannt, ob du fündig geworden bist.", fragte Anna als hätte sie gerade Henriks Gedanken lesen können. Vermutlich wollte sie aber einfach nur galant das Thema wechseln.

„Ja also das ist leider ganz blöd gelaufen, Anna. Ich hatte eine wunderschöne Wohnung für dich, aber gestern Abend hatte mir der Vermieter den Auftrag wieder entzogen, weil er es sich anders überlegt hatte und die Wohnung nun seiner Enkelin schenken möchte. Ich hab da aber einen wunderbaren Ersatz für dich gefunden, den wir uns morgen anschauen können."

„Oh ja gerne. Schade für die andere Wohnung, ich bin nämlich eine Mustermieterin. Aber ich denke die Ersatzwohnung ist bestimmt auch wunderschön. Niemand ist gern ein Ersatz, aber ich habe ein Herz für das Austauschbare." Anna grinste süffisant in Henriks Richtung. Sie konnte sich diese Anspielung nicht verkneifen. *Los du Macho, erzähl doch mal von deiner Freundin.* Henrik sah ihr Lächeln und wusste es nicht zu deuten. Wahrscheinlich versuchte sie einfach nur Smalltalk zu betreiben. „Wobei ich ja finde, dass nur wenige Dinge im Leben austauschbar sind. Nicht mal eine alte ziemlich sanierungsbedürftige Wohnung, wenn sie die Richtige ist." Setzte Anna nach und schaute erwartungsvoll in Henriks Richtung, der weiterhin der Unterhaltung folgte ohne sich etwas anmerken zu lassen. Sie merkte schnell, das aus ihm nichts raus zu kriegen war und beschloss den Abend schnell nach dem Essen zu beenden. Er loganscheinend öfter, das stand für sie fest. Denn offenbar hatte er nicht den Hauch eines schlechten Gewissens, was sie zunehmend verabscheute. Während des Essens schwiegen sie; teils aus Genuss, teils aus Unsicherheit. Anna war die Situation sichtlich unangenehm aber versuchte souverän zu bleiben. Während sie an ihrem Glas Wein nippte erkundigte sie sich nach seinem Leben. „Und? Was machst du sonst so, wenn du nicht gerade arbeitest oder Samstagabends in Bars irgendwelche Frauen abschleppst?", fragte Anna provokativ und zwinkerte ihm zu. Henrik lachte auf. „Oh eine ganze Menge, aber ich glaube das dürfte dir alles nicht gefallen."

„Wieso? Bist du ein Krimineller? Oder führst du ein Doppelleben?"

„Oh na du denkst aber gut von mir. Aber du hast Recht. Eigentlich bin ich verheiratet und meine Frau sitzt in Thailand, wo sie mit meinen drei Kindern auf ein paar Euro von mir wartet, die ich ihr jeden Monat schicke. Das Geld verdiene ich mir mit dem Handel von Pelz, den ich von der russischen Mafia abkaufe. Oder glaubst ich als kleiner Makler könnte mir sonst solch ein Restaurant leisten?", antwortete Henrik. Anna lachte auf. Sie gestand sich ein, dass sein Humor wirklich erfrischend war. „Nein im Ernst, was magst du so? Was für Musik hörst du eigentlich gern?", hakte sie nach. „Oh das ist eine gute Frage. Ich muss gestehen, ich mag George Michael. Ich war schon auf drei Konzerten!"

„Echt jetzt? Ich liebe George Michael. Ich mag seine Lieder, es gibt so gut wie keins, was mir nicht gefällt. Aber eigentlich hab ich es nicht so mit Musik. Ich komme viel zu selten dazu, welche zu hören. Es geht aber nichts über einen Samstagvormittag mit Staubsauger und >I want your sex<."

„Ich muss zugeben, Frau Wilmers, Ihr Musikgeschmack imponiert mir sehr." Sie lächelten sich beide an. „ Wir sollten anstoßen", sprach Henrik und erhob das Glas. „Auf deinen Neuanfang mit neuer Wohnung und ohne Ex-

Freund" „Ok…aber macht man das nicht erst wenn man auch eine neue Wohnung hat?", fragte Anna.

„Ach das ist doch nur eine Frage der Zeit. Ich habe bisher immer etwas Passendes gefunden. Auch wenn es mal ein bisschen dauerte. Ich verspreche dir, ich finde eine ganz und gar nicht austauschbare Wohnung für dich.", antwortete Henrik zielsicher und nicht ohne Stolz. Sie erhob das Glas und schaute ihm tief in die Augen. *Schade, dass du so ein Idiot bist. Ich könnte dich fast mögen.* Sie nickte ihm zufrieden zu „Das Risotto ist richtig gut.", sprach Anna. „Ja auf jeden Fall. Davon kann ich gar nicht genug bekommen. Wollen wir noch eine Nachspeise bestellen?" „Unbedingt. Ich muss das doch ausnutzen, dass du zahlst." Sie lachten beide und nahmen sich die Karte zur Hand. Sofort eilte Steffen herbei um von Anna wieder erwartungsfroh die Bestellung aufzunehmen. „Im Ernst, was hat dieser Steffen? Er schaut mich an, als wäre ich irgendeine Berühmtheit. Fehlt nur noch der Knicks oder die Frage nach dem Autogramm." Henriks Wangen waren augenblicklich rot angelaufen. „Ja ich glaube er freut sich also nur für mich. Wir kennen uns wie gesagt ewig. Und ich war schon lange nicht mehr mit so einer hübschen jungen Dame aus. Ich wollte es eigentlich nicht wie ein Date aussehen lassen, aber da hat mir Steffen wohl einen Strich durch die Rechnung gemacht.", gab Henrik zu. „Oh ich werde ganz rot, Herr Makler, sehr charmant. Aber soviel Bauchgepinsel bin ich echt nicht gewohnt.", sprach Anna. *So so jetzt ziehst du also auch noch deinen Kumpel mit rein. Kommst du dir nicht schäbig vor?* Anna war langsam sauer. Wieso rückte er nicht einfach mit der Wahrheit raus und erzählte ihr von seiner Freundin. Sie dachte sie hätte ihm ausreichend signalisiert, dass sie das verkraften könnte. Stattdessen log er immer weiter und dachte wohl ernsthaft, dass sie das nicht durchschaute. „Bauchgepinsel sagst du? Also ich finde einer schönen Frau kann man nicht oft genug den Bauch pinseln..." Er wartete kurz und erkannte den Sinn seiner Worte. Er räusperte sich: „Also das klang jetzt anders, als ich es meinte..."

„Schon klar, Henrik."

„Wollen wir im Anschluss noch ein bisschen um die Häuser ziehen? Ich kenne da eine Bar, wo es ausgezeichnete Cocktails..."

„Oh echt gern, aber heute nicht.", unterbrach ihn Anna schroff. Sie bemerkte seine Enttäuschung und versuchte dennoch zu beschwichtigen. „Ich muss morgen zu meiner Großmutter zum 79. Geburtstag", log Anna. „Oh das verstehe ich natürlich. Die Omas möchten ja ungern versetzt werden und nehmen es persönlich, wenn man übernächtigt bei ihnen auftaucht.", sprach Henrik und signalisierte sein Mitgefühl.

„Ja vor allem meine Oma. Sie nimmt so was ganz schnell persönlich.", fügte Anna schnell nickend hinzu.

Sie aßen schweigend ihr Dessert und Henrik zahlte anstandslos die Rechnung. Er hielt ihr den Mantel hin damit sie ihn überziehen konnte und begleitete sie nach draußen, wo sie vor ihm stehen blieb. Das was jetzt üblicherweise kommen sollte, war eine schüchterne, leidenschaftliche Kussszene, aber irgendwie glaubte Henrik nicht so sehr daran. Der Abend hatte sich gar nicht so entwickelt, wie er sich das erhofft hatte. Er blieb dennoch freundlich. „Es war ein sehr schöner Abend, Anna. Ich hoffe wir wiederholen das.", sagte Henrik. „Ja wir sehen uns ja schon morgen wieder. Ich bin echt gespannt, was du mir da heraus gesucht hast.", entgegnete sie. Sie schwiegen und schauten sich in die Augen. Anna war plötzlich traurig, dass der Abend schon vorbei war. Die Farce des Abends mochte ihr nicht aus dem Kopf gehen und obwohl sie wusste, was Henrik für ein ausgemachter Frauenaufreißer war, mochte sie ihn und musste zu ihrer Erschütterung feststellen, dass sie seinem Charme -wenn auch nur für kurze Zeit- erlegen war. Seine gespielte Aufmerksamkeit tat ihr einfach gut. Sie freute sich sogar ein bisschen auf das Treffen am nächsten Tag. Als sie das bemerkte, ermahnte sie sich wieder zur Professionalität und bedankte sich höflich für den Abend. Gerade als sie Henrik die Hand reichen wollte, entdeckte sie im Augenwinkel ein Pärchen, welches glücklich und beschwingt Hand in Hand auf der gegenüberliegenden Seite des Restaurants stand. Offenbar kam das Paar aus der Bar, die direkt gegenüber war. Anna erkannte Jonas sofort, die Frau an seiner Seite war ihr jedoch unbekannt. Offenbar war dies seine neue Freundin und Anna verspürte sofort den Stich in der Brustgegend. Wie versteinert stand Anna vor Henrik und schaute dem

Paar zu, welches sie offenbar noch nicht bemerkt hatte. Henrik nahm Annas Blick war und beobachtete, wie sich ihre Augen von dem einsamen Pärchen gegenüber nicht lösen konnten. „Was ist los, Anna? Kennst du die beiden da drüben? Süßes Paar, sind das Freunde von dir? Wir können gern hingehen wenn du möchtest.", fragte Henrik unsicher nach.

„Nein, das ist keine gute Idee. Das ist mein Ex-Freund mit seiner neuen Freundin.", antwortete sie schnell. „Oh das…das tut mir leid.. Das wusste ich nicht…" Anna winkte jedoch schnell ab. „Das muss es nicht. Woher solltest du das denn auch wissen?"

„Offenbar hat er dich schnell wieder ersetzt." „ja wie man sieht bin ich auch austauschar. Für so ziemlich jeden Mann, dem ich begegne.", sprach Anna und schaute gedankenverloren auf den Boden. Henrik sah Anna an, wie tief verletzt sie in diesem Moment gewesen war. Ihm wurde klar, dass er ihr noch eine Weile Zeit geben musste, um sie besser kennen zu lernen. Das festigte seinen Entschluss, ihr morgen eine mehr als unpassende Wohnung zu zeigen. Er wollte einfach noch nicht aufgeben. Er schob ihr heutiges Verhalten darauf, dass sie ihm einfach noch nicht traute und das konnte er ja ändern. Aber für den Augenblick hatte er eine bessere Idee. Er nahm Anna am Arm und zog sie zu sich ran, sodass sie ihm direkt in die Augen sah. Er küsste sie innig und drückte sie an sich heran. Anna war völlig verdutzt aber seine Entschlossenheit gefiel ihr. Sie war zu traurig und

140

gleichzeitig zu berührt, um sich gegen seinen Kuss zu wehren. Sie küsste ihn zurück und ließ sich von ihm auffangen. Henrik beobachtete Jonas, der plötzlich zu ihnen rüber schaute. Sein Blick verriet, dass er Anna erkannt hatte. Henrik schloss wieder die Augen und umklammerte Anna, die sich in Henriks Armen so seltsam geborgen fühlte. Doch vielmehr wünschte sie sich, dass Jonas in diesem Moment hinsah und er genau diesen Schmerz fühlte, der Anna die ganzen vergangenen Wochen durch den Alltag begleitete. Sie ließ von Henrik ab und schaute wie zufällig nach Jonas. Dieser stand wie angewurzelt auf einer Stelle und nahm seine Freundin nicht mehr wahr. Anna war augenblicklich voller Genugtuung und nahm Henriks Hand. Sie zerrte ihn von der Wand weg und deutete ihm, sie zu ihrem Auto zu begleiten. Jonas schaute den beiden noch eine Weile hinterher, bis sie um die Ecke gebogen waren. Die empörte Reaktion und ihren fassungslosen Gesichtsausdruck seiner neuen Freundin nahm Jonas gar nicht mehr wahr.

Nach einigem Schweigen blieb Anna stehen und begann zu sprechen. „Tut mir leid, ich war darauf nicht eingestellt."

„Ja das habe ich gemerkt. Hat es dir nicht gefallen?"

„Doch sehr. Ich bin mir sicher, dass du ziemlich genau weißt, dass du ein guter Küsser bist. Ich danke dir. So ein bisschen Genugtuung ist Balsam für die Seele.", sprach Anna.

„Nun ja… ob ich ein guter Küsser bin, weiß ich nicht. Ich mach das nicht so oft. Ich dachte nur, dass du vielleicht ein bisschen etwas für dein Ego brauchst. Ich habe dir angesehen, dass es dich verletzt hat, deinen Ex-Freund mit ihr zu sehen."

„Ja das hat es. Und du hast mich natürlich nur deshalb geküsst, schon klar.", antwortete Anna schnippisch.„Anna, du musst mich ja für einen richtigen Aufreißer halten. Ich nehme das mal als Kompliment."

„Nein, ich halte dich nicht für einen Aufreißer. Ich halte dich für einen ziemlichen Macho. Aber ein charmanter Macho, der nur seine Fähigkeiten überschätzt."

„Wie kommst du denn darauf? Du tust ja so, als hätte ich an jedem Finger eine Frau."

„Nein vielleicht nicht an jedem Finger. Aber an jedem Zweiten vielleicht. Oder zumindest an Einem. Und die Frau bin ganz sicher nicht ich.", antwortete Anna mit genervtem Unterton. Sie hatte allmählich die Nase voll von seinem Schauspiel und wollte ihn endlich zur Rede stellen. Henrik war stehen geblieben und schaute Anna irritiert an. „Was unterstellst du mir denn jetzt hier?", fragte Henrik fassungslos. Anna hatte nach dem Kuss wieder ein Gefühlschaos durchlaufen und sie hatte keine Kraft mehr für Spielchen. Seine unschuldige Miene machte sie zusätzlich wütend. Henrik hatte ganz offensichtlich ihre Verletzlichkeit abermals schamlos ausgenutzt. Zwar war Henriks Reaktion gegenüber Jonas eine willkommene Retourkutsche für die vergangenen Wochen, aber das hatte er ganz sicher nicht für Anna getan. Er wollte vor Jonas sein Revier markieren und nahm in Kauf, dass Anna sich Hoffnungen bei ihm machte. Sie wurde immer wütender bei dem Gedanken, dass Henrik ihre Lage ausnutzte, nur um sie noch mal für eine weitere Nacht herum zu kriegen. Sie schaute Henrik wütend an und plötzlich platzte es aus ihr heraus: „Ja ich weiß alles, Henrik. Denkst du, du kannst dir eine Frau Zuhause halten, gleichzeitig deiner Klientin den Hof machen und es kommt nicht heraus? Du musst dich ja für ganz, ganz clever halten. Ja, unsere Nacht war schön. Aber soll ich dir was sagen? Ich habe mit dir geschlafen, obwohl ich wusste, dass du eine Freundin hast. Und anscheinend fühle ich mich deshalb sogar noch schäbiger als du."

„Ich habe keine Freundin. Was soll das denn jetzt? Ich dachte wir verstehen uns? Den ganzen Abend warst du so distanziert und… komisch…Ich habe es auf unsere letzte Begegnung geschoben. War wohl naiv von mir, wie ich gerade merke.", entgegnete Henrik energisch.

„Ach nicht mal jetzt bist du ehrlich? Man, was für ein armseliger Idiot bist du eigentlich? Ich hab dir den ganzen Abend genug Chancen gegeben es mir zu sagen. Ich hätte es dir nicht mal übel genommen. Aber diese ganze Farce hier ekelt mich einfach nur noch an. Meinst du nicht, ich habe nicht schon genug durchgemacht in den letzten Wochen? Und nun ziehst du so eine Nummer mit dem teuren Restaurant ab und tust auf Gentleman, nur damit du heute Nacht noch einen wegstecken kannst? Was läuft eigentlich falsch bei dir? Such dir eine Andere, mit der du so eine Nummer abziehen kannst, ich bin raus. Ich nehme mir ein Taxi." Anna drehte auf dem Absatz rum. Henrik stand sprachlos auf dem Asphalt und schaute Anna hinterher. Sie drehte sich noch einmal um. „Ja ich fand dich wirklich nett und ich fand unsere Nacht auch schön. Aber nicht mal wenn du der letzte Mann auf dieser Welt wärst würde ich mich nochmal auf dich einlassen. Ich hoffe dir wird auch mal richtig übel weh getan, du elender Arsch."Mit diesen Worten lief sie hastig zum Taxistand und stieg prompt in eines ein.

Henrik beobachtete das Taxi wie es weg fuhr und er blieb noch eine Weile wie angewurzelt stehen. Erst zehn Minuten später konnte er sich wieder bewegen, setzte sich in sein Auto und fuhr nach Hause. Vorher hielt er noch bei einer Tankstelle an und kaufte sich dort eine Schachtel Zigaretten. Zwar hatte er vor zwei Jahren das Rauchen aufgegeben, aber irgendwie hatte er plötzlich ein unbändiges Verlangen, sich eine anzustecken.

Kapitel 15

Das mit dem Besichtigungstermin am nächsten Tag hatte sich dann wohl erledigt. Mehr konnte Anna jedenfalls in diesem Moment nicht denken. Gleich am nächsten Tag würde sie sich um einen neuen Makler bemühen müssen. Aber das war jetzt auch nicht mehr wichtig. Es war eben ein notwendiges Übel. Nachdem sie Henrik die Meinung gegeigt hatte, stieg sie aufgebracht ins Auto und deutete dem Fahrer sie schnellstmöglich zu Bettinas Wohnung zu bringen. Sie beobachtete Henrik aus dem Auto heraus, wie ein begossener Pudel stand er da und starrte ihr hinterher. Offensichtlich hatte ihre Ansage gesessen. *Gut so.* Doch irgendwie hatte Anna gehofft, sich danach befreiter zu fühlen. Alles was sie aber spürte war tiefe Verletzung, Traurigkeit und den Wunsch, in ihr Kissen zu heulen, gleich nachdem sie eine Packung Vanilleeis mit Eierlikör verdrückt hat. Die gesamte Taxifahrt über war sie tapfer geblieben und hatte sogar ein nettes Gespräch mit dem Taxifahrer abgehalten und ihm ein viel zu hohes Trinkgeld gegeben. In ihrem vorübergehenden Zuhause angekommen, flog zuerst die Handtasche, dann der Mantel und der Gürtel auf den Boden bevor sie sich wütend das Kleid vom Körper riss. Sie verspürte nur noch den Wunsch sich die Schminke abzuwaschen, so benutzt und unwohl fühlte sie sich. Im Spiegel stellte sie fest, dass auf ihrer Stirn und der rechten

Wange immer noch das viel zu dunkle Puder gut sichtbare Flecken hinterließ. *Großartig! Jetzt sitzt er zuhause mit einem Bier und seinen Kumpels und erzählt von seiner letzten Eroberung, die sich nicht mal schminken konnte. Anna, du bist so was von lächerlich.* Sie wischte sich wütend das Make-up aus dem Gesicht und begann augenblicklich zu weinen. Sie schluchzte in das Waschbecken und sank auf den Boden. Mit dem Kopf auf den Knien saß sie auf dem Badläufer und heulte minutenlang bis sie das Telefon zur Hand nahm und Milas Nummer wählte. Es war zwar schon nach ein Uhr nachts, aber Mila war meistens etwas länger wach, weil sie eine Vorliebe für Late-Night-Sendungen hatte. Beschwerden hatte man bei Mila eher am späten Nachmittag nach ihrem wohl verdienten Feierabend zu erwarten, denn Mila pflegte stets einen ausgedehnten Mittagsschlaf zu machen.

„Anna? Was ist los? So spät hast du noch nie angerufen?"

„Mila, ich…es ist echt zum Kotzen."

„hey beruhige dich mal, du heulst ja. Was ist denn passiert Anna?" „Henrik. Dieser… Ich hab ihm die Meinung gesagt und bin dann abgehauen. Wir waren essen. Und er hat die ganze Zeit so getan, als hätte er ernstes Interesse an mir. Verstehst du?" Anna wartete auf Milas Antwort.

„Ich gestehe ich kann dir nicht ganz folgen, Anna. Als wir das letzte Mal telefonierten meintest du, dass dir klar sei, dass du nur eine oberflächliche Affäre bist. Du wolltest das alles ganz sportlich nehmen. So kommst du mir aber gerade ganz und gar nicht rüber." Mila saß auf ihrem Sofa und war in ihre Lieblingsserie vertieft, die sie am Wochenende aufgenommen hatte. Annas Anruf hatte sie so sehr aufgeschreckt, dass sie den Fernseher entgegen ihrer üblichen Gewohnheiten beim Telefonieren ausschaltete. Sie nahm auf ihrem Fenstersims Platz und krallte sich die Tasse Tee, die sie sich zuvor eingeschenkt hatte. Anna wirkte völlig fertig und aufgelöst. Sie brachte nur unverständliche Fetzen hervor und berichtete von dem Abend mit Henrik und der Begegnung mit Jonas. Mila hörte aufmerksam zu und war immer wieder erstaunt, wie gut dieser Makler seinen Job beherrschte. Damit meinte sie aber weniger seine Maklerqualitäten, über die sie keine Aussagen treffen konnte. Als weiteres Handwerk schien er nämlich das Verführen von Frauen zu beherrschen. Er schien charmant, zuvorkommend und wie nun erkenntlich, ein außerordentlicher Lügner zu sein. Viel schlimmer aber war Annas Gefühlschaos, was sie gerade durchlaufen musste. „Anna, soll ich vorbei kommen? Wir trinken einen Tee und ich warte bis du eingeschlafen bist?"

„Danke Mila das ist lieb. Aber ich bin eigentlich schon todmüde. Ich weiß nur nicht mit meiner Wut wohin. Es tut mir leid, dass du jetzt dafür hinhalten musst." „Anna das ist schon ok. Du hast ja auch das ein oder andere Mal meine Trostfee gespielt. Jetzt habe ich auch mal die Chance, dir beizustehen. Es gibt da nur ein paar... Ungereimtheiten, so will ich das mal nennen."

„Was meinst du?", hakte Anna nach.

„Naja, dafür, dass dir der Typ so egal ist, bist du ganz schön fertig. Dass du Jonas an diesem Abend mit seiner neuen Flamme gesehen hast, hast du eher beiläufig fallen lassen. Ich habe das Gefühl, dass du dich in diesen Henrik verliebt hast."

Anna schwieg am Telefon.

„Mhm..ok ich liege wohl nicht ganz falsch.", deutete Mila Annas Schweigen. Anna tat ihr unglaublich leid, dennoch musste sie sie rasch wieder in die Spur bringen. Und ganz unschuldig war Anna an der Situation ja schließlich auch nicht. Sie hatte sich immerhin wissentlich auf diesen Don Juan eingelassen. Anna schien Milas Gedanke geahnt zu haben: „Wie konnte ich nur so dumm sein, Mila? Ich hab es doch gewusst. Einmal im Bett zu landen ist schon dumm genug. Aber warum bin ich zu diesem Essen gegangen? Warum habe ich nicht einfach abgesagt und habe mir eine Ausrede einfallen lassen? Was hat mich da geritten?"

„Das war der Reiz mit dem Feuer zu spielen. Du wolltest dich ausprobieren und es ging in die Hose. Ich weiß, das klingt jetzt ziemlich gemein, aber betrachte es mal etwas rationaler. Du hast gespielt und verloren. Aber hey, was soll's? Klar sind da nun Gefühle im Spiel, sonst würde es dir jetzt nicht so miserabel gehen. Aber wer liebt, kann eben auch mal auf der Strecke bleiben. Du bist jetzt eine Erfahrung reicher. Nämlich die, dass du nicht der Typ für unverfängliche Affären bist. Und du brauchst einen aufrichtigen, ehrlichen Mann. Du brauchst dir keine Vorwürfe zu machen.

Höchstens, dass du eben menschlich bist und keine Maschine. Du warst dabei dich zu verknallen und hast noch rechtzeitig gemerkt, was er für ein Idiot ist. Hey, du kannst dir auf die Schultern klopfen, Süße, denn manche Frauen merken das erst nach zehn Jahren Ehe. Heul dich jetzt ein paar Stunden aus und du wirst merken, dass dieser Henrik in ein paar Wochen auch nur einen kleinen Tagebucheintrag wert war und nicht mehr."

Anna lauschte Milas Worten und ihr Herzschlag wurde merklich langsamer. Sie war augenblicklich dankbar. Mila fand meistens die passenden Worte und auch diesmal schaffte sie es wieder, Anna zu beruhigen. „danke Mila", sagte Anna. Sie wurde umgehend merklich müder und wollte nur noch schlafen. „Nichts zu danken, Süße. Und nun ab ins Bett und schlaf jetzt mal, meine Liebe. Morgen suchst du einen neuen Makler. Am Besten einen Hässlichen über fünfzig. Sicher ist sicher. Gute Nacht."

Anna musste verlegen lachen. Sie legte auf und schmiegte sich ins Bett. Sie schlief sofort ein.

Alles wird gut. Irgendwann.

Kapitel 16

Anna wurde von einem Klingeln der Tür aus dem Schlaf gerissen. Es dauerte eine Weile, bis sie genug orientiert war um aufzustehen. Sie zog sich den Bademantel über und ging zur Tür. *Bestimmt dieser komische Nachbar von Bettina. Gut, dass ich gerade keine Unterwäsche an habe.* Vor der Tür angekommen schnellten plötzlich die Bilder vom gestrigen Abend durch ihren Kopf. Das Restaurant, der Kuss mit Henrik und der Streit. Sie schob die Gedanken schnell wieder beiseite und bereitete sich auf den komischen Nachbar vor. Sie öffnete die Tür.

„Anna. Schön dich zu sehen." Anna schaute ungläubig auf einen riesigen Strauß Blumen, der das Gesicht des Gegenübers völlig verdeckte. Anna wollte die Tür wieder zuschlagen, weil sie Henrik vermutete, hielt aber inne als sie Jonas Schuhe erkannte. „Jonas? Bist du das? Was willst du hier?"

Jonas nahm die Blumen vor seinem Gesicht beiseite und sah Anna flehend in die Augen. Offenbar war das Treppenhaus hochgerannt, denn er war völlig außer Atem. Sie erkannte sofort seine eisgrauen Augen, die sie so sehr an ihm geliebt hatte. Seine Haare hatte er entgegen seiner bisherigen Gewohnheit zottelig und notdürftig zu einem Seitenscheitel gekämmt und sie waren ein bisschen länger als sonst. Es sah fast so aus, als hätte er die Nacht auf einer Parkbank verbracht.

„Was willst du hier, Jonas. Wie hast du überhaupt hierher gefunden?"

„Mila hat es mir gesagt. Ich habe heute Morgen bei ihr angerufen und sie angefleht, mir zu sagen wo du jetzt wohnst, nachdem ich feststellen musste, dass du in unserer Wohnung offenbar länger nicht warst."

„Achso, jetzt ist es plötzlich wieder unsere Wohnung? Jonas was willst du hier? Solltest du jetzt nicht lieber mit deiner Freundin im Bett liegen und Kinder machen?"

„Anna es tut mir leid", Jonas schnaufte immer noch, „ich... ich habe einen riesigen Fehler gemacht. Ich war ein Idiot. Als ich dich gestern mit diesem Schickimicki-Typ gesehen habe, hat es mich innerlich fast zerrissen. Du sahst einfach nur bezaubernd aus und du hast mir so unglaublich gefehlt." Ungläubig starrte sie auf Jonas falsch zugeknöpfte Jacke und hatte plötzlich Mitleid mit ihm.

„Anna bitte verzeih mir und gib uns noch eine Chance. Ich mach das alles wieder gut, versprochen. Wir werden eine Lösung für unsere Probleme finden und ich schwöre dir, dass wir es diesmal nicht versieben werden. Scheiße man, ich will dich einfach nur zurück.", setzte Jonas, der offenbar mächtig verzweifelt war, nach. „Jonas, das ist ja alles schön und gut. Aber ich weiß nicht, ob das alles nach der langen Zeit überhaupt noch Sinn macht. Du hast mich wochenlang in einer leeren Wohnung sitzen lassen und dich nicht bei mir gemeldet. Dann sehe ich dich gestern mit dieser Tussi und nun stehst du mit einem riesigen Strauß Blumen vor mir und willst, dass alles wieder so ist, wie früher? Das kann doch nicht dein Ernst sein?" Anna stand übermüdet und mit verquollenen Augen immer noch im Türrahmen und versuchte ihre Gedanken zu ordnen. Es kam ihr alles wie ein irrwitziger Traum vor, der sich nur an manchen Stellen verdammt echt anfühlte. Entweder hatte sie verdammt realistische Träume oder Jonas stand gerade wirklich vor ihrer Tür und bat sie um Vergebung. Was sie sich vor zwei Wochen noch insgeheim so sehr wünschte, war nun Wirklichkeit geworden. Dennoch war alles zu viel für diesen Moment und in ihr kam der Wunsch hervor, ganz schnell wieder ins Bett zu gehen und weiter zu schlafen. Innerhalb von Tagen prasselten unglaublich viele Eindrücke auf sie nieder und ihre Gefühle überschlugen sich. Wie ein Hagelsturm pochten die Bilder der letzten Wochen immer wieder auf sie ein. Jonas, die Weihnachtsfeier, Henrik und nun wieder Jonas.

„Jonas, ich weiß nicht. Ich… ich will einfach nur, dass alles wieder gut ist. Die letzten Wochen waren der Horror. Ich habe nächte-lang wach gelegen, schlecht oder gar nicht geschlafen, zu viel getrunken und noch mehr gearbeitet als je zuvor. Ich bin nun an einem Punkt angelangt, wo ich keine Enttäuschungen und Experimente mehr ertrage. Ich will einfach nur…nur meine Ruhe." Annas Aussage war regelrecht flehend und Jonas schaute verlegen auf den Boden.

„Ich weiß es geht mich nichts an, aber wer war der Mann gestern Abend? Ist er dein neuer Freund? Sag mir bitte, wenn ich zu spät komme, Anna. Ich will einfach nur von dir hören, ob ich noch eine Chance habe. Irgendwann. Die letzten Wochen waren auch für mich ein totales Desaster. Ich hab dich unglaublich vermisst und wollte es nicht wahr haben. Ich wollte von dir los kommen, aber es ging einfach nicht. Selbst dein Anruf am Freitaghat mich völlig aus der Bahn geworfen. Alles, wirklich alles erinnert mich an dich und ich weiß jetzt, dass ich dich schon immer wollte. Nur dich." Jonas holte tief Luft.

Anna überlegte was sie Jonas über Henrik erzählen sollte und entschied sich, Jonas irgendwelche Einzelheiten zu ersparen. Doch sie wollte es ihm auch nicht zu einfach machen. „Henrik. Er… ist ein sehr netter Mann und mein Makler. Aber ich glaube aus uns wird nichts." Jonas schaute hoffnungsvoll in ihre Augen und wartete auf eine Antwort. „Wer war diese Frau gestern? Weiß sie, dass du hier bei mir stehst? Ich glaube das findet sie sicher nicht so super." Anna schaute streng und Jonas rang nach Worten: „Steffi. Steffi ist eine liebe Frau. Aber sie kann dir nicht das Wasser reichen. In keiner Hinsicht. Wir hatten gestern Nacht noch einen riesigen Streit. Sie warf mir vor, dass ich sie nie wirklich geliebt habe und eigentlich immer noch an dir hänge. Und was soll ich sagen? Sie hat Recht. Sie hat mich rausgeschmissen und ich habe heute Nacht bei deinem Bruder Dirk übernachtet. Er wusste nicht mal, dass wir getrennt sind."

„Nein ich habe da kaum mit jemandem drüber gesprochen. Ich musste mich selbst erstmal ordnen. Ich muss gestehen, dass sich daran auch nichts geändert hat. Nach allem was passiert ist, stehst du nun hier und willst von mir eine Entscheidung. Das kommt einfach ein bisschen spät, Jonas."

„Anna bitte. Ich lass dir alle Zeit der Welt. Ich will einfach nur wissen, ob du mir irgendwann noch mal eine Chance gibst. Bitte wirf uns nicht so weg wie ich es getan habe. Wir waren über 17 Jahre glücklich miteinander. Das kann jetzt nicht einfach schon vorbei sein. Anna ich liebe dich."

Worte wie diese waren es, die Anna nun schon ein paar Wochen nicht mehr hörte. Für sie war es wie eine Ewigkeit. Und sie setzten sich wie Schmerzmittel auf ihre Rezeptoren und taten so unheimlich gut. Für den Moment waren diese Worte das Einzige, was ihr nach so vielen Wochen so etwas wie Befriedigung verschafften.

„Wie siehst du eigentlich aus? Komm rein und nimm erstmal eine Dusche." Jonas trat ergeben ein und Anna schloss hinter sich die Tür.

Kapitel 17

Irgendwann im Dezember...

Mila war an diesem Abend wieder einmal mit ihren Freundinnen verabredet. Sie verzichtete darauf, Anna anzurufen und zu einem weiteren Tanzabend zu überreden, weil sie wahrscheinlich immer noch zu verletzt war und Gesellschaft wohl nicht auf ihrer Agenda stand. Außerdem war ihr immer klar gewesen, dass sie ihre Freundinnen nicht besonders mochte. Sie waren eben eigen und gelegentlich etwas oberflächlich. Aber manchmal war es genau das, was Mila brauchte. Denn wenn Mila mal nicht nachts um die Häuser zog, saß sie mit etwa dreizehn Kindern zusammen in einem Raum und versuchte Herrin der Lage zu bleiben. Sie war Kindergärtnerin mit Leib und Seele. Die Arbeit mit Kindern war für sie etwas Wunderbares. Was aber über Jahre immer mehr den Zauber verlor waren die Umstände, mit denen man zu kämpfen hatte. Die ständigen Konfrontationen mit überfürsorglichen Eltern, die es stets besser zu wissen pflegten, nervten sie immer mehr. Und alle paar Monate tauchten neue Erziehungsratgeber auf, die ihr die Arbeit als liebevolle Erzieherin immer wieder zunichte machten und infrage stellten. Erst wurde eine Sache immer als besonders wichtig für die Entwicklung deklariert, dann war es plötzlich die Ausgeburt der Hölle, weil irgendeine frisch studierte Pädagogin ein Buch veröffentlichte worin ihre neusten Erkenntnisse nachzulesen waren. Als ob sich alle Kinder in eine Statistik pressen ließen. Es wurde über die Jahre immer schwieriger und anstrengender eine Gruppe von kleinen Kindern zu leiten, wenn der Individualisierungsgedanke derart ausgereizt wurde. Ihre wesentlich ältere Kollegin Patricia pflegte immer zu sagen: „Aha, nun gibt es also nur noch Mittagsschlaf, wenn die Kinder das wünschen. Was ist denn nur los in dieser Zeit? Kinder brauchen Schlaf. Sie werden später im Leben nie wieder die Möglichkeit bekommen so viel zu schlafen."

Mila teilte diesen Gedanken, auch wenn sie sich stets bemühte, jedem Kind gerecht zu werden. Jedes Kind ist verschieden, das war ihr durchaus bewusst. Doch ohne Regeln geht es nicht. Und Mila hatte arge Zweifel daran, dass ein Kind, welches sich nie wirklich in eine soziale Gemeinschaft anzupassen gelernt hat, später im Berufsleben mit Hierarchien und Kollegen klar kommen könnte. Zumal solche Dinge wie Teamfähigkeit heute anscheinend immer mehr in den Fokus rückten. Überstudierte Fachidioten und Soziallegastheniker mochte offenbar keiner mehr ausbilden, geschweige denn bei sich anstellen. Sie hatte oft die überforderten Gesichter der Kinder beobachtet, wenn sie dazu angehalten wurden, selbst zu entscheiden, ob sie nun ihre Schuhe anziehen mögen oder lieber barfuß nach Hause wollten. Die Eltern machten es sich immer ziemlich einfach. Nach deren Meinung durften ihre Kinder alles, mussten aber nichts und sollten aber alles damit erreichen. Die Diskussionen mit diesen

Eltern waren endlos und zerrten an Milas Nerven. Doch zum Glück waren solche Elternpaare immer noch die Ausnahme. Aufgeben war ohnehin nicht ihr Ding, aber manchmal verfluchte sie ihre Arbeit trotzdem. Gerade aus diesem Grund suchte sie die Nähe zu diesen kinderlosen, oberflächlichen und trinkfesten Frauen. Diskussionen über Erziehungskonzepte waren hier kaum zu erwarten und das sorgte dafür, dass Mila an solchen Abenden mehr den Kopf frei bekam als bei jeder Sporteinheit im Fitnessstudio. An den meisten Tagen trafen sie sich bei ihr Zuhause, wie auch an diesem Abend. Sie tranken ein paar Flaschen Sekt und zogen dann gemeinsam in eine Diskothek oder in eine Bar, in der immer besonders viel los war. Meistens landeten sie dann immer in denselben Etablissements und sie tanzten bis früh in den Morgen. In nur zwei von zehn Fällen ging Mila in Begleitung eines Mannes nach Hause. Sie ging nie mit dem Ziel los, dort ein One-Night-Stand aufzugabeln. Mila hatte eine einfache und klare Auffassung, wie die Liebe und das Kennenlernen abzulaufen hatten. Sie war hoffnungslose Romantikerin und wartete schon seit mehreren Jahren auf den richtigen Mann an ihrer Seite. Das musste nicht zwingend die Liebe auf den ersten Blick sein, aber das Knistern bei der ersten Begegnung, wie sie es nannte, war ein Muss. Sie hatte bisher nur kurze Affären und Liebesbeziehungen, die sich aber oft als oberflächliches Geplänkel heraus stellten. Über die Jahre hinweg hatte sie eine ziemlich genaue

Vorstellung davon entwickelt, wie der Traummann auszusehen und sich zu verhalten hat. Neben Humor war es ihr wichtig, dass der Mann finanziell auf eigenen Füßen stand. Niemals hätte sie sich auf einen Mann eingelassen, der noch zuhause wohnte oder von irgendeinem Geld der Verwandten oder eines Amtes abhängig war, wenn es zu vermeiden gewesen wäre. Mila selbst lernte früh mit ihrem doch im Vergleich sehr mickrigen Gehalt zu Recht zu kommen und schaffte es sogar, sich jeden Monat ein paar wenige Euro für ihren großen Traum, eine romantische Hochzeit auf einem Schloss, beiseite zu legen. Von ihren Freundinnen wurde sie oft für ihre kitschigen Vorstellungen belächelt, aber sie ließ sich nicht beirren. Sie wollte nicht nur ein bisschen von Jedem, sondern das gesamte Paket. Heirat, Kinder, Haus auf dem Land und eine rundum heile Familie. Sie weigerte sich standhaft, diesen Wunsch ad acta zu legen, denn es gab schließlich keinen Grund dafür. Die große Liebe war manchmal nur einen kleinen Steinwurf entfernt. Er war da draußen irgendwo und wartete auf sie, da war sie sich sicher. Und er würde nicht nur ihr Mann und ihr Liebhaber, sondern auch ihr bester Freund sein. Und es widersprach Milas Ansichten nicht, dass sie öfter über Nacht mit einem wildfremden Mann nach Hause ging. Bis der Richtige an ihrer Tür klopfte konnte man ja schließlich auch eine schöne Zeit mit dem Falschen haben, pflegte sie zu sagen.

Sie zog sich die Jacke über und setzte sich mit den anderen Frauen in Bewegung.

Henrik saß zur gleichen Zeit gedankenverloren vor seinem Pils und zählte die Tropfen auf seinem Glas. Zwar waren seit Dienstagabend schon ein paar Tage vergangen und es war genügend Arbeit vorhanden, um sich abzulenken. Aber es fiel ihm bei Weitem nicht so leicht, wie er es von sich kannte. Anna war kein üblicher One-Night-Stand. Das war ihm von Anfang an klar. Er war gerade dabei sich Hals über Kopf in die junge Dame zu verlieben und dann endete es, bevor es richtig begann. Dass er es diesmal nicht verbockt hatte, tröstete ihn nur wenig. Sein Freund Steffen saß neben ihm und war keine besondere Hilfe. Nachdem ihm Henrik den groben Verlauf des Abends nach Beendigung des Restaurantbesuches geschildert hatte, saß er zuerst nur schweigend da bis er irgendwann begann sich immer weiter in rage zu reden. Ihn schien das ganze auch sehr zu beschäftigen und er ritt den ganzen Abend bisher auf diesem Thema herum. „Und dabei hab ich mir solche Mühe gegeben es dieser Anna so angenehm wie möglich zu machen. Ich verstehe die Frauen einfach nicht. Ich hab dich noch nie so verknallt gesehen. Was wollen die denn noch? Jetzt mal ehrlich. Die wollen doch nur verarscht werden, oder? Ehrliche Gefühle und so ein Zeugs können die doch gar nicht aushalten.", monologisierte er weiter vor sich hin ohne eine Antwort von Henrik zu erwarten. „Ich meine, ich habe mich wie ein

Groupie aufgeführt und gegrinst wie ein Vollidiot. Als hätte ich noch nie eine schönere Frau gesehen. Und du hast sie angeschaut wie ein kleiner Junge sein erstes Fahrrad. Man Alter, ich hab dir das echt gegönnt.", sagte Steffen und klopfte tröstend auf Henriks Schulter. Henrik nickte dankend und schuldbewusst. „Alter, komm lass gut sein. Ich kam vor Anna auch klar. Sie ist eine Frau wie jede Andere. Da draußen gibt es noch viele, ganz sicher. Aber fürs Erste bleibe ich erstmal allein."
Steffen kannte Henriks Situation gut genug. Er selbst war unfreiwillig Single geblieben, seit nunmehr vier Jahren. Er hielt sich notdürftig mit kleinen Affären über Wasser. Leider hatte er eine Schwäche für verheiratete Frauen, wie sich immer wieder heraus stellte. Er war ein typischer Anti-Macho. Er verliebte sich jedes Mal, schenkte Blumen, investierte Gefühle, Zeit und Geld und wurde letztlich doch wieder bitter enttäuscht. Man könnte meinen Steffen sei des Verliebens und Leidens irgendwann Leid gewesen, ähnlich wie nun Henrik, aber Steffen war ein unverbesserlicher Narr wenn es um Frauen ging. Ein freundliches Lächeln genügte oft und er war hin und weg. Sein Aussehen kam ihm dabei zugute. Als Halbitaliener traute man ihm zu, dass er den Schalk im Nacken sitzen hatte. Doch er neigte zu Gefühlsduselei und Henrik traute ihm zu, dass er seiner Angebeteten auch schnulzige Gedichte schrieb, wenn er nur verliebt genug war.
Für Henrik war der Abend eigentlich schon gelaufen, bevor er richtig begonnen hatte.

Franziska hatte ihm eine SMS geschrieben, dass sie unbedingt mit ihm reden möchte. Angeblich gab es noch einiges zu klären. Er ignorierte ihre darauf folgenden Anrufe und wünschte sich, dass sie ihn nur noch in Ruhe lässt. Auch nach fast einem halben Jahr Trennung gab sich Franziska nicht geschlagen. Er blickte den ganzen Abend schon wie ein kleiner Junge, der auf einer Parkbank sitzt und bei seinen Klassenkameraden nicht mitspielen darf, weil er irgendwas ausgefressen hatte. Ihm war das bewusst, aber er war einfach nicht in Stimmung für hochtrabende Männergespräche. Steffen deutete nur kurz an, dass er sich mal erleichtern musste und setzte sich in Bewegung. Henrik war froh, einen kurzen Moment für sich zu sein.

Kapitel 18

Swantje hatte an diesem Abend vorgeschlagen, ein paar Cocktails in ihrer Lieblingsbar zu nehmen bevor sie wieder in die altbekannte Diskothek gingen. Mila hielt sich zwar mit dem Alkohol zurück, aber nach drei >Menkiller< war auch sie nicht mehr ganz nüchtern und sollte dem Namen des Cocktails nicht mehr gerecht werden. Aufgeregt zogen sie zur Diskothek, in der an diesem Abend besonders viele Oldies gespielt werden sollten. Über die letzten Stunden hinweg war Mila guter Laune gewesen, doch ihre Stimmung wurde schnell getrübt, als sie an der Bar ein Bier bestellen wollte. Sie musste zweimal hinschauen um sich sicher zu sein, aber sie erkannte diesen Makler, der Anna so das Leben schwer machte. Ihr tat das alles so unheimlich leid. Nach der längst überfälligen Trennung von Jonas war ihr Anna wie eine Sterbenskranke vorgekommen, die einsam und allein Zuhause auf ein Ende wartete und mit ihrem Kummer bloß niemandem zur Last fallen wollte. Seit dem Vorfall mit dem Makler waren fast zwei Wochen vergangen und Anna hatte sich seitdem nicht einmal bei Mila gemeldet. Nach all den Strapazen verletzte dieser Makler Anna wahrscheinlich sehr und sorgte dafür, dass ihr Männerbild erstmal völlig zerstört war. Jeder zukünftige Mann, der es gut mit Anna meinte, würde es wohl sehr schwer haben, ihr Herz zu erobern. Dabei war die große

Liebe genau das, was Anna eigentlich schon vor der Trennung von Jonas fehlte. Mila verstand es zwar nie, aber sie wusste, dass Anna an der Beziehung zu Jonas festhalten wollte, auch wenn er sie ständig in einen Rahmen zu pressen versuchte, in den sie niemals zu passen schien. Bei all den Gedanken war Milas gute Laune umgehend verflogen. Es war nicht ihre Art unter Alkohol irgendwelche Diskussionen zu führen. Doch sie wollte das alles nicht so stehen lassen. Sie war es Anna als beste Freundin schuldig, diesem Schnösel ein paar Takte zu sagen, falls ihn das überhaupt interessierte. Sie setzte sich zu ihm an die Bar und starrte wütend in seine Richtung. „Guten Abend, der Herr Makler, wie schön. Bist du wieder auf Beutezug?", tönte es provokant von der Seite. Er drehte sich um und nahm eine zierliche, brünette Person war, die angespannt in seine Richtung blickte. Ihre prächtigen langen Locken verdeckten ihre Stirn. „Entschuldige, kennen wir uns?", fragte er in ihre Richtung.

„Nun, ich bin Annas beste Freundin." Mila machte eine bewusste Pause und wartete seine Reaktion ab. Henrik ging ein Licht auf und war plötzlich genervt. Er hatte diese Dame an dem einen Abend aus dem Augenwinkel beobachtet. Ihm war damals nicht entgangen, dass sie ihn argwöhnisch beäugte, als wolle er sie entführen oder ihr Drogen verkaufen. Allerdings wusste er ihren Blick nicht einzuordnen. Er konnte gerade alles andere gebrauchen als eine weitere unberechtigte Standpauke, bei der er nicht zu Wort kam.

„Guten Tag, beste Freundin von Anna. Ich brauche mich vermutlich nicht mehr vorzustellen, ich denke du bist bestens über mich informiert." Er richtete seinen Blick wieder auf sein Bierglas und hoffte, dass das Gespräch damit wieder beendet war.

„Sag mal, hast du wirklich gedacht, dass du mit der Nummer bei ihr durch kommst?", fragte Mila, die nicht daran dachte, ihn so davon kommen zu lassen. „Womit? Mit meiner imaginären Freundin?"

„Ach tu doch nicht so" Wir haben deine Internetseite gefunden. Jedes Grundschulkind kann mittlerweile googeln und findet dann deine Seite worauf du so stolz erzählst, dass du mit deiner Partnerin auch privat ein super Team bist. Moment, ich zitiere: > Frau Wiese und Herr Konrad sind nicht nur privat ein unschlagbares Team und freuen sich über Ihren Anruf.<Denkst du wirklich in Zeiten von Internet schaut da niemand mal drauf?" In Henriks Kopf passte plötzlich alles zusammen. Anscheinend hatte Anna auch diese Seite im Internet gefunden und so die Überzeugung gewonnen, dass er ein Schuft war. Und ohne es zu wissen, hatte Franziska erfolgreich eine Konkurrentin vertrieben. Die Erkenntnis war bitter, aber änderte nichts an den harten Worten, die Anna ihm an diesen Abend entgegen schleuderte. Sie ließ ihm keine Möglichkeit, sich zu erklären, sondern beschimpfte ihn nur und ließ ihn danach stehen wie bestellt und nicht abgeholt.

„Wow, super ermittelt Sherlock.", entgegnete Henrik. „Hast du vielleicht mal darüber nachgedacht, dass Suchmaschinen auch mehrere Seiten anzeigen können? Hättet ihr euch mal die Mühe gemacht weiter nach unten zu scrollen hätte ihr meine aktuellere Seite sicher auch gefunden, wo nur noch ich zu finden bin. Ich bin nämlich mit ihr schon lange nicht mehr zusammen und habe eine Firma beauftragt mir eine neue Homepage zu gestalten. Das ist jetzt schon fast ein halbes Jahr her." Milas Miene verzog sich und wurde plötzlich weicher. Sie fragte nur kleinlaut: „Und warum ist diese alte Homepage noch online? Hast du sie noch nicht gelöscht, weil du vielleicht noch an ihr hängst?"

„Ich kann dich beruhigen, beste Freundin von Anna. Diese Seite hatte meine damalige Freundin in Eigenregie gestaltet und trotz meiner Bitten hat sie die bisher nicht offline genommen. Sie hält mich immer noch für nachtragend, weil ich es ihr nicht verzeihen kann, dass sie damals mit einem Klienten gevögelt hat. Da ich die Sache irgendwann auf sich beruhen lassen wollte, habe ich mich vor zwei Monaten um eine neue Homepage gekümmert. Und weißt du was das Witzige ist, beste Freundin von Anna? Ich habe sogar Annas Firma mit der Gestaltung dieser Homepage beauftragt." Henrik war froh in diesem Moment, alles gesagt zu haben. Er fühlte sich kraftlos und war immer noch wütend. In diesem Moment setzte sich Steffen wieder dazu und nahm neben Henrik Platz. „Ich bin Mila.", sagte sie und

168

blieb wie angewurzelt neben Henrik stehen. „Hallo Mila. War nett dich kennen gelernt zu haben, aber wie du siehst, habe ich bereits Begleitung für diesen Abend", antwortete Henrik genervt und zeigte auf Steffen, den sie bisher nicht bemerkt hatte. Mila drehte sich zu Steffen um und warf ihm ein Lächeln zu. Steffen lächelte verlegen zurück: „Hallo Signorina, ich bin Steffen. Ich sehe, du und Henrik... ihr kennt euch? Henrik warum hast du mir diese wunderschöne Dame bisher nicht vorstellt?", fragte Steffen vorwurfsvoll in Henriks Richtung. „Oh, Verzeihung. Steffen, das ist Sherlock Holmes. Sherlock, das ist Steffen. Steffen, du kannst sie aber sicher auch Mila nennen oder einfach nur beste Freundin von Anna. Falls es dich beruhigt, wir kennen uns auch erst seit etwa zwei Minuten. Steffen wandte seinen Blick von Mila nicht ab und starrte sie die ganze Zeit interessiert an. Von seinen Blicken geschmeichelt wurde Mila plötzlich versöhnlich. „Warum hast du es Anna nicht einfach gesagt? Warum hast du zugelassen, dass sie weiterhin so schlecht von dir denkt? Sie mochte dich!", wandte sie ein. „Möglicherweise, weil ich nicht derjenige bin, der hier an den Pranger gestellt werden wollte und ich keine Lust auf Rechtfertigungen hatte. Ich hätte es sogar noch klar gestellt, aber dann wurde sie einfach nur noch verletzend und sie ließ mich gar nicht mehr zu Wort kommen. Ich hatte den Eindruck, dass sie mir gerade den Frust der vergangenen Jahre seit ihrer Geburt entgegen pfeffert. Ich hätte mich mit jedem Wort doch nur lächerlich gemacht. Bevor sie mich auf übelste Art und Weise beschimpft hat, hätte sie mich auch erstmal fragen können. Und außerdem…" Er macht eine kurze Pause um einen Schluck von seinem Bier zu nehmen. „Ich habe keine Lust auf noch so eine Herzschmerzscheiße. Und jetzt entschuldige mich bitte, ich habe ein weiteres Date mit meinem Bier Zuhause. Lass uns abhauen, Alter." Er legte einen Geldschein auf die Theke und erhob sich vom Hocker. Für Steffen begann der Abend jedoch gerade erst interessant zu werden. Er starrte wie ein verliebter Gockel in Milas Gesicht und nahm ihr schüchternes Grinsen war. „War schön dich kennen zu lernen, Mila. Ich hoffe wir sehen uns irgendwann mal wieder." Mila fühlte sich von seinen Blicken seltsam geschmeichelt. Seine Augen wirkten so ehrlich und liebevoll. Augenblicklich war sie im siebten Himmel.

„Schade, dass du schon gehen musst.", antwortete sie kurz. Steffen verfluchte Henrik, der gerade wortlos aus dem Club ging. Auf der Theke lag ein Bierdeckel. Schnell sprach Steffen den Barkeeper an und borgte sich von ihm einen Kugelschreiber. Er notierte seine Telefonnummer auf dem Bierdeckel und reichte diesen Mila mit einem verschwörerischen Lächeln. „Bitte melde dich, hübsche Frau. Ich möchte dich gerne kennen lernen.", sprach er und hastete Henrik hinterher. Mila blieb mit einer Telefonnummer und einem pochenden Herzen zurück. Augenblicklich war sie wieder nüchtern.

Kapitel 19

Es war bereits drei Uhr nachts als Annas Handy klingelte. Sie lag mit Jonas im Bett und war gerade erst eingeschlafen. Sie hatte seit Tagen Schwierigkeiten zur Ruhe zu finden, so sehr kreisten ihre Gedanken um die letzten Wochen. Jonas lag tief schlummernd neben ihr und bemerkte nicht, wie sie sich von der Matratze hoch hievte und mit dem Handy nach draußen ging. Das Handy zeigte Milas Namen an und Anna nahm ab. Sie kam gar nicht dazu, Mila am Telefon zu begrüßen.

„Anna, es war alles ein Versehen. Es tut mir so leid." Mila klang total aufgelöst am Telefon. Im Hintergrund hörte sie nur noch leise Stimmen, vermutlich vom Fernseher in Milas Wohnung oder sie war immer noch unterwegs. „Mila beruhige dich mal, was ist denn los? Es ist drei Uhr nachts und ich verstehe gerade nur Bahnhof. Was war denn ein Versehen? Ist was passiert?" Mila schnappte nach Luft. „Henrik. Ich habe ihn getroffen vorhin. Ich hab ihm die Meinung geigen wollen, weil ich das so scheiße fand, was er mit dir abgezogen hat. Dann hat er mir aber erzählt, dass er schon lange nicht mehr mit dieser Frau zusammen ist. Er hat bei deiner Firma bereits eine neue Homepage in Auftrag gegeben und die alte Homepage wurde noch nicht offline genommen. Ich hab das gerade überprüft. Es stimmt alles was er sagt. Sie hat jetzt sogar eine neue Homepage und wohnt jetzt in Berlin. Verstehst du? Es war alles ein Missverständnis. Ich fühle mich elend, weil ich die Seite aufgerufen habe. Ich habe nicht weiter nachgeschaut und nur die eine Seite gesehen. Es war die falsche Seite und ich bin jetzt Schuld, dass ihr euch so gestritten habt" In Milas Stimme lag eine Mischung aus Freude und schlechtem Gewissen. Anna hörte Mila Aufmerksam zu, aber konnte die Fakten noch nicht richtig einordnen. „Mila, mach mal halblang. Ist ja alles ganz nett. Aber das ist jetzt auch egal." Am anderen Ende atmete Mila ganz angespannt in den Hörer. „Wie alles egal? Verstehst du das nicht? Er hat das wahrscheinlich alles gar nicht gespielt, sondern hatte sogar echtes Interesse an dir. Du musst dich unbedingt bei ihm melden. Vielleicht ist er nicht so nachtragend und ihr könnt euch nochmal treffen." Anna holte tief Luft während sie Milas Worte auf sich wirken ließ. Diese Erkenntnisse saßen tief, aber sie kamen eindeutig zu spät. „Mila, ich habe es dir bisher nicht erzählt, aber ich bin wieder mit Jonas zusammen. Er stand Mittwochmorgen vor meiner Tür, völlig aufgelöst und bat mich, ihm zu verzeihen. Er war fix und fertig und ich habe ihm verziehen. Wir sind wieder zusammen und wollen es diesmal langsam angehen lassen." „Aber Anna", hakte Mila ein, „Er hat dich nach vielen Jahren sitzen lassen. Weil er erkannt hat, dass ihr nicht zusammen passt. Was soll sich daran jetzt geändert haben? Hättest du ihn denn zurück genommen wenn du gewusst hättest, dass Henrik es ehrlich mit dir meint? Du scheinst dich ja selbst nicht richtig darüber zu freuen, sonst hättest du es mir doch sicher gleich erzählt." Anna dachte über Milas Worte nach und wurde plötzlich sauer. Offensichtlich war Mila nicht so froh über die Versöhnung wie sie gehofft hatte. „Mila was soll denn das jetzt? Ich denke du bist meine beste Freundin. Freust du dich denn gar nicht für mich? Henrik ist jetzt völlig egal, Jonas und ich lieben uns und das allein zählt. Ich hatte dir bisher nicht von der Versöhnung mit Jonas erzählt, da es ja erst seit drei Tagen offiziell ist. Wir hatten halt noch viel zu klären und wir wollen es ja langsam angehen lassen. Henrik wird sicher bald eine andere Frau finden, da bin ich mir sicher. Aber für mich ist Jonas der Einzige, den ich haben will." Anna hoffte, entschlossen genug rüber gekommen zu sein und war mit ihrer Antwort zufrieden. Bei Mila schien das aber anders zu sein. „Anna, man soll kalten Kaffee nicht aufwärmen. Das hatte immer schon meine Oma gesagt. Ihr seit jetzt schon mehrere Wochen getrennt. Solche Trennungen kann man nicht wieder kitten. Schon gar nicht wenn klar ist, dass man nicht zusammen passt, das hast du selbst erst zu mir gesagt. Anna, du suchst doch die große Liebe? Das ist nicht die große Liebe. Das ist nur ein Rückzug aus Enttäuschung, weil du glaubst niemanden Besseren zu finden. Mach diesen Fehler bitte nicht. Ich bin deine beste Freundin und genau deshalb ist es meine Aufgabe, dich zu warnen."

„Bezeichnest du jetzt ernsthaft unsere Versöhnung als Fehler?" Anna wurde ernsthaft sauer. „Jonas und ich lieben uns. Wir verstehen uns sehr gut und haben in den letzten Wochen gemerkt, dass wir nicht ohne einander wollen. Klar hatten wir Probleme, aber die werden wir sicher klären... mit der Zeit. Er wird hier bald wieder einziehen und dann wird alles wieder gut. Unser Vermieter hat sich bereit erklärt uns die Wohnung weiterhin zu lassen, er hatte noch keine Nachmieter gefunden. Wir wollen bald in den Urlaub fahren um uns neu kennen zu lernen und ich werde weniger arbeiten. Wir werden das schaffen. Weil es einfach richtig so ist. Es geht nicht immer um die Liebe und diesen ganzen kitschigen Kram, Mila. Wach endlich mal aus deiner rosa Traumwelt auf und stell dich der Realität. Du bist jetzt auch schon 33 Jahre alt und wartest immer noch auf den Prinzen auf dem weißen Ross, der sowieso nie kommen wird. Wenn du so weiter machst, bleibst du dein Leben lang allein. Von mir aus, leb weiterhin in deiner lächerlichen Ponywelt, in der es nur die Leidenschaft und die grooooße Liebe gibt. Ich sag dir mal was: das Leben besteht nicht nur aus Liebe und Luft. Man muss in einer Beziehung auch Kompromisse und Zugeständnisse machen. Man muss aufeinander zukommen und sich eben anpassen, wenn man jemanden liebt. Vielleicht solltest du da mal drüber nachdenken. Du musst mich nicht warnen, schau lieber mal selbst vor deiner Tür nach. Unfassbar wie du reagierst. Und jetzt lass mich schlafen." Damit legte Anna auf und beendete das Gespräch. Mila hielt noch eine Minute wortlos das Telefon an ihr Ohr, sie war wie erstarrt. Anna hatte sich anscheinend wieder vollends aufgegeben. Noch schlimmer aber waren die harten Worte, die sie Mila entgegen schmetterte weil sie so verletzend waren. Bei aller Kritik und bei allen Witzeleien über Milas ewiges Jungesellinnen-Dasein war es immer Anna, die zu ihr hielt und ihr die große Liebe versprach, wenn Mila nur genügend Geduld aufbrachte. Doch plötzlich schien Anna davon nichts mehr wissen zu wollen und verriet ihre beste Freundin zugunsten eines Mannes wie Jonas, der sich bereits einmal gegen sie entschieden hatte. Die Worte hatten Mila hart getroffen und saßen diesmal tief. Tieftraurig und enttäuscht ging Mila ins Bett und versuchte in den Schlaf zu finden. Sie lag noch stundenlang wach. Genau wie Anna.

Kapitel 20

Seit ihrer Versöhnung waren nunmehr fast eineinhalb Wochen vergangen. Anna hatte Jonas noch ein paar Tage in Ungewissheit gelassen, aber im Grunde war sie einfach nur froh, dass er wieder bei ihr war. Sie verbrachten die letzten Tage damit, auf dem Sofa in ihrer alten Wohnung zu liegen und kitschige Hollywood-Streifen und tschechische Weihnachtsmärchen zu schauen. Sie nahmen sich vor, sobald Jonas wieder eingezogen war, über alles zu reden und Lösungen zu finden. Für den Moment wollte aber keiner von ihnen über das Vergangene reden, denn es wirkte alles noch so zerbrechlich und sie wollten bloß nichts kaputt reden. Anna wehrte Jonas Versuche mit ihr zu schlafen kontinuierlich ab, weil sie befürchtete, eine verpatzte Nacht könnte alles zunichtemachen. Die traute Zweisamkeit war besser als jeder Rausch, den man erleben konnte. Um sie herum nahmen Anna und Jonas nicht viel wahr. Sie redeten mehr als zuvor, lachten mehr als zuvor und schauten sich stundenlang einfach nur in die Augen, als müssten sie prüfen, ob der Gegenüber wirklich noch der Alte war. Es war Freitag und Anna hatte ihren letzten Urlaubstag, nachdem sie ihren Urlaub zur Überraschung ihres Chefs um zwei weitere Wochen verlängert hatte. Nach der desaströsen Weihnachtsfeier hatte sie sich auf Arbeit nicht mehr blicken lassen. Sie hoffte, dass bereits alle Peinlichkeiten während ihrer

Abwesenheit ausgetauscht waren und sich niemand mehr an ihren Auftritt erinnerte. Und selbst wenn hatte sie nun wieder die geistige Verfassung, sich den blöden Nachfragen und Sprüchen der Kollegen zu stellen. Sie sah sich schon in ihrem Büro; souverän sitzend und mit den Kollegen über sich selbst lachend. Ab und zu kamen diese kurzen Momente, meistens wenn sie allein war, in denen plötzlich Henrik wieder vor ihrem geistigen Auge auftauchte. Besonders wenn Jonas die Tageszeitung las und die Werbeanzeige des Maklerbüros groß auf der Rückseite prangte, wurde Anna kurzzeitig nachdenklich. Die Nacht war ihr stets im Gedächtnis und wenn sie Jonas beobachtete, ertappte sie sich dabei, dass sie manchmal an Henriks liebevollen Gesichtsausdruck mit seinem verglich. Er schaute sie immer so aufmerksam an. Als wäre sie die schönste und begehrenswerteste Frau der Welt und einfach nur perfekt. Solch einen Blick hatte sie noch nie zuvor bei einem Mann gesehen, auch nicht bei Jonas. Und die Tatsache, dass dieser Blick nicht nur eine billige Masche, sondern möglicherweise sogar ehrlich von ihm war, versetzte Anna einen kleinen Stich in die Magengrube. Wenn das alles nicht gespielt war, dann musste sie ihm fürchterlich Unrecht getan haben. Sie versuchte den Gedanken dann meist schnell zu verdrängen. Doch egal, was sie auch tat, so richtig wollte er ihr nicht aus dem Kopf gehen. Anna sagte ihren Gedanken den Kampf an und beschloss sich ganz und gar auf Jonas einzulassen und ihm am Abend endgültig zu verzeihen. Jonas lag neben ihr im Bett und schlief noch halb. Sie rüttelte ihn sanft wach. „Schatz, wollen wir heute noch mal auf den Weihnachtsmarkt? Am Sonntag ist Weihnachten und die bauen morgen die Stände auf dem Weihnachtsmarkt ab."

Jonas wurde wach und schaute verliebt in Annas Gesicht. „Oh ja gerne, Schatz", erwiderte er und setzte sich sofort in Bewegung. Während er unter der Dusche stand, dachte Anna kurz an Mila, die sich erwartungsgemäß nach ihrem letzten Telefonat nicht mehr bei ihr gemeldet hatte. Anna überkam das schlechte Gewissen bei dem Gedanken an ihre harten Worte, aber sie war einfach zu deutlich geworden, um sich jetzt bei ihr zu entschuldigen. Freundschaften begannen und endeten eben, redete Anna sich immer wieder ein. Das renkt sich sicher wieder ein, pflegte Jonas stets zu sagen, egal um was es ging. Nur leider beruhigte es sie das nur wenig.

Sie gingen Hand in Hand über den Weihnachtsmarkt. Beide hatten einen dicken Schal umgebunden und ihre dicksten Jacken heraus gekramt. Jonas lud Anna auf einen Glühwein ein und sie aßen einen warmen Flammkuchen, wie sie es traditionell jedes Jahr am selben Stand taten. Im Hintergrund lief Bing Crosby und stimmte selig auf das kommende Weihnachtsfest ein. Jonas und Anna beobachteten die vielen Kinder, die freudestrahlend über den Markt liefen. Ein kleiner Junge hatte eine riesige Brezel in seiner Hand und versuchte sie mit seinen viel zu großen

Handschuhen umständlich festzuhalten. Der Junge war höchstens drei Jahre alt und hatte riesige Kulleraugen. Anna war bei seinem Anblick hin und weg und schaute ihm mehrere Minuten dabei zu, wie er mit der Brezel kämpfte. Er schaffte es ein paar Mal abzubeißen, bis die Brezel auf den Boden in eine Pfütze fiel. Der kleine Junge weinte augenblicklich dicke Krokodilstränen und Anna konnte nicht anders als zu ihm zu laufen. „Hey mein Kleiner, soll ich dir eine neue Brezel holen?" Er schaute sie mit seinen großen Augen an und schniefte ganz traurig. Anna holte eine neue Brezel und brach sie in zwei Stücke. „So kleiner Mann. Jetzt isst du erst die eine Hälfte und dann wenn du damit fertig bist, isst du die zweite Hälfte." Der Junge grinste dankbar in Annas Richtung als plötzlich eine Frau neben ihr auftauchte. „Was sagt man da?" fragte die Frau ermahnend in seine Richtung? Er formte ein kurzes „Dange" und grinste verlegen. „Keine Ursache. Ich mag Brezeln auch so gern.", entgegnete Anna. Die Frau, die offenbar die Mutter des Jungen war, bedankte sich noch einmal bei ihr und nahm den Kleinen an die Hand. Sie gingen zwischen den Ständen entlang, bis Anna den Jungen nicht mehr sah.

Jonas hatte die Szene aufmerksam und mit einem immer größer werdenden Strahlen verfolgt. So hatte er Anna noch nie gesehen. Sofort verspürte er den alten Wunsch nach einer Familie mit Anna aufs Neue. Es lief seit ein paar Tagen wieder so gut mit Anna, dass er sich vornahm das Kinderthema noch am selben Abend anzusprechen. Er verliebte sich gerade ein zweites Mal und wollte keine Zeit verlieren. Diesmal sollte alles richtig werden, alles funktionieren und einfach perfekt werden. Sie schlenderten noch kurz über den Markt und genossen den freien Tag. Es funkelten tausend Lichter über ihnen und obwohl es noch am helllichten Tag war, wurde es langsam merklich dunkler und die Lichterketten und Girlanden glitzerten wirklich überall. Anna blieb vor einem Stand mit selbstgemachtem Schmuck stehen und begutachtete die Silberketten. Neben ihr stand eine Traube von Männern, die einen Glühwein vom Nachbarstand genossen. Sie unterhielten sich lautstark über irgendwelche Immobilienblasen und Anna wurde hellhörig. Sie drehte sich um und erkannte sofort Henrik, der zwischen den Männern stand und ihr direkt ins Gesicht schaute. Anna war plötzlich wie erstarrt und nahm Jonas neben sich gar nicht mehr wahr. Henrik hörte seinen Bekannten, der weiter auf ihn einredete, nicht mehr sondern schaute nur noch auf Anna, die wie gebannt in sein Gesicht blickte. Für einen Moment stand beider Welt gänzlich still. Sie ließen die Blicke nicht voneinander ab. Anna lächelte ihm zu und wartete auf eine Reaktion. Henrik wusste mit der Situation nicht umzugehen und nickte nur freundlich, nahm dann prompt das Gespräch mit seinem Bekannten wieder auf, der offenbar nicht bemerkt hatte, dass Henrik für kurze Zeit gar nicht zugehört hatte. Henrik stand nicht der Kopf danach, mit Anna Smalltalk zu führen und er dachte nicht daran, so zu tun als ob alles in

Ordnung wäre. Die letzten Tage hatte er damit verbracht, sich zuhause alte Western-Filme anzuschauen und mit Franziska darüber zu streiten, dass sie endlich die alte Internetseite aus dem Netz nahm. Franziska nutzte die Seite immer noch als Anlass, mit Henrik in Kontakt zu bleiben und seinen Anruf, ihn nach seinem Liebesleben auszufragen. Er war des Streitens und des Gefühlschaos leid. Er wollte einfach nur seine Ruhe und sein bisheriges Leben, was er vor Anna führte, weiterführen. Anna nahm seine Reaktion mit großer Enttäuschung wahr. Sie sah die Verletzung in seinen Augen und erkannte in diesem Moment, dass wirklich alles, was er ihr sagte, die Wahrheit gewesen sein musste. Liebe und Zuneigung konnte man spielen, Verletzung jedoch nicht. Warum hätte er das auch tun sollen? Jeder Blick und jede liebevolle Geste waren anscheinend Ausdruck seiner wahren Gefühle. Anna hätte in diesem Moment nur noch weinen können, so sehr stach es in ihrem Herzen, aber Jonas kam einem Gefühlsausbruch zuvor. Er hatte Henrik offenbar nicht wahr genommen, küsste Anna verliebt auf die Nase und schnappte ihre Hand. Er zog sie an Henrik vorbei raus aus der Menge. Henrik erkannte Jonas sofort und beschloss in diesem Moment, Anna endgültig zu vergessen.

Auf dem Heimweg schwieg Anna die ganze Zeit und wischte sich immer wieder die Tränen aus den Augen. Sie fühlte sich hundeelend und wollte nur noch allein sein. Jonas nahm ihre Tränen in seiner

Verliebtheit nicht wahr, in Gedanken ging er schon das Gespräch für den Abend durch und überlegte, wie er damit beginnen sollte. Nur mit Mühe konnte sich Anna wieder beruhigen und wehrte sich nicht, als Jonas sie in seine Arme schloss.

Kapitel 21

Den ganzen Abend war Anna unerwartet still geblieben. Sie dachte die ganze Zeit an Henrik und seinen enttäuschten Blick, als sie mit Jonas von dannen zog. Sie hatte ihn verletzt und sich vor ihm lächerlich gemacht. Nicht nur, dass sie ihm völlig zu Unrecht vorwarf ein Lügner zu sein, sie tat auch noch das gleiche, was sie an ihm so glaubte zu verabscheuen. Sie tauschte Henrik aus, als wäre er ein Spielzeug im Sonderangebot und schien ihn unheimlich schnell wieder vergessen zu haben. Wieder und wieder dachte sie an Milas Worte
> Hättest du ihn denn zurück genommen wenn du gewusst hättest, dass Henrik es ehrlich mit dir meint?<
Anna dachte angespannt darüber nach und gestand sich ein, dass Jonas wohl kaum eine Chance gehabt hätte. Anna war in dem Moment als Jonas morgens vor ihrer Tür stand, verletzlicher denn je und für jegliche Aufmerksamkeit zugänglich gewesen. Jonas hätte für seine Rückkehr keinen besseren Moment wählen können. Seine Worte taten dann das Übrige.
Sie saß auf dem Sofa und fühlte sich von Moment zu Moment unglücklicher und verzweifelte in ihren Gefühlen. Sie gestand sich ein, dass sie Jonas die Wahrheit sagen musste. Am Besten bevor er wieder bei ihr einzog. So paradox es klingen mochte, aber das war sie ihm schuldig. Jonas kam mit einer Tasse heißem Kakao an den Couchtisch

und setzte sich neben sie. Er legte den Arm um sie und schaute ihr dabei zu, wie sie gedankenverloren auf den Fernseher starrte. „Was geht dir denn gerade durch den Kopf?", fragte Jonas besorgt. Anna setzte ein gequältes Lächeln auf aber antwortete nicht. „Sag mal Schatz, wie lange möchtest du denn eigentlich noch arbeiten?", fragte Jonas und wandte dabei den Blick nicht von ihr ab. „Was meinst du? Ich gedenke bis zu meiner Rente zu arbeiten, du Scherzkeks." Jonas ging auf ihren Scherz nicht ein und schaute sie fordernd an. „Aber das brauchst du doch gar nicht Anna. Du weißt ich verdiene genug, um uns beide durch zu kriegen. Du kannst, wenn du möchtest, dich voll und ganz auf deine Mutterrolle konzentrieren, wann immer du es willst."

„Auf meine Mutterrolle? Warte mal, was soll das denn jetzt werden?", fragte Anna aufgeschreckt nach und unterbrach für den Augenblick ihre Gedanken an Henrik.

„Na du glaubst doch nicht, dass du noch arbeiten kannst, wenn wir erst mal Kinder haben. Ich halte davon überhaupt nichts."

„Stopp mal, Jonas, dieses Gespräch möchten wir beide jetzt nicht führen. Wer sagt denn, dass ich überhaupt eine Mutterrolle übernehmen will? Vielleicht will ich das ja gar nicht." Anna war fassungslos. „Sollen wir vorher heiraten? Ist es das, was dich davon abhält? Anna das ist kein Problem, ich heirate dich vom Fleck weg wenn du das willst.", brachte Jonas nur hervor.

„Stop mal Jonas, Stopp. Ich glaube wir reden aneinander vorbei. Wir sind jetzt seit nicht mal zwei Wochen wieder zusammen und du willst jetzt über das Kinderthema sprechen. Wollten wir es nicht langsam angehen lassen? Es kommt mir so vor als stündest du gerade mit der Brechstange vor mir. Wir wollten doch erst mal unsere Probleme klären und daran arbeiten. Vorher denke ich ganz sicher nicht ans Heiraten und schon gar nicht an Kinder."

Jonas schwieg augenblicklich, nachdem ihm klar wurde, dass Anna bei weitem noch nicht so aufgeschlossen war, wie er es dachte. Er war enttäuscht und schwieg verbittert. In Annas Kopf hingegen brachen gerade sämtliche Dämme ein. Ihre Beziehung war ein Trümmerhaufen, bevor sie überhaupt wieder richtig begonnen hatte. Mila hatte wie so oft absolut recht behalten. Anna hatte sich naiv und kindisch verhalten, indem sie Jonas als Trostpflaster nutzte. Sie kam sich plötzlich so lächerlich vor und hatte nur noch den Wunsch, das alles endgültig zu beenden.

„Jonas...", sie nahm seine Hand von ihrer Hüfte und schob sich von Jonas weg, der immer noch enttäuscht neben ihr schmollte. „Das geht so einfach nicht. Das war ein Fehler." Jonas ließ ihre Worte auf sich wirken und schaute nach einer kurzen Verzögerung durchdringend in ihre Augen.

„Was war ein Fehler? Ich verstehe nicht ganz. Kannst du bitte konkreter werden?" Jonas blickte Anna verständnislos an. „Na das hier. DAS alles hier geht nicht mehr. Jonas, es tut mir leid, aber ich glaube ich habe jetzt was begriffen. Das mit uns beiden hatte einfach ein Ablaufdatum. Und das lag schon lang vor unserer Trennung. Ich habe es nur nicht bemerkt.",,Wie meinst du das? Was.. Was soll das ganze Theater denn jetzt? Willst du dich gerade mal zwei Wochen nach unserer Versöhnung wieder von mir trennen? Das ist doch echt ein Scherz. Ich dachte wir haben uns geeinigt? Es läuft doch gerade alles so gut mit uns.", platzte Jonas heraus. In seinen Augen lag keine Verzweiflung, sondern schlichte Verärgerung. Offensichtlich hatte er nicht damit gerechnet, dass Anna so klar ihren Willen aussprechen konnte. Jonas glaubte nach allem was passiert war, hatte Anna endlich begriffen, dass das Leben nicht nur aus Arbeit und Geld verdienen bestand. Für ihn war von Anfang klar gewesen, dass nur sie sich ändern musste, wenn diese Beziehung klappen sollte. Es war für ihn längst Zeit, Kinder zu bekommen und sesshaft zu werden. Das musste sie doch endlich kapieren. „Ist es wegen der Kinder? Meinetwegen wir warten eben noch ein paar Monate, Anna, um Himmels Willen. Aber was soll der Aufstand jetzt. Ich dachte du willst dich wieder mit mir vertragen?"

„Jonas, ich will aber verdammt noch mal keine Kinder. Niemals.", raunte Anna trotzig zurück. Doch sie wurde plötzlich still und schaute ihn nachdenklich an. Nach einer gefühlten Ewigkeit des Schweigens redete Anna weiter: „Jonas, ich will natürlich irgendwann Kinder. Ich möchte auch mal heiraten. So richtig kitschig in einem weißen

Kleid mit Reifrock und einem kleinen Schleier und mit weißen Handschuhen aus Satin und einer Kutsche. Das alles will ich..." Sie schluckte kurz.

" ...aber nicht mit dir. Der Grund warum wir das alles nie hatten, ist, dass mir alles andere wichtiger war. Ich habe dir damit sehr weh getan, ich weiß. Aber jetzt weiß ich, dass ich das nicht ohne Grund gemacht habe. Die gemeine Wahrheit ist, dass ich dich schon lange nicht mehr geliebt habe. Du hast mich immer stärker bedrängt mit deinem Kinderwunsch. Bei jeder Gelegenheit hast du versucht, mir das Hausfrauen- und Mama-Dasein schmackhaft zu machen. Deine Mutter hat mich ständig angerufen und ausgefragt, ob ich die Pille schon abgesetzt habe. Jedes Familienfest hast du genutzt, um mir deine kleine verzogene Nichte aufzudrängen. Du hast dir sogar Vorwände ausgedacht, um mich dazu zu bringen, sie zu unseren Ausflügen mitzunehmen. Denkst du ich hab das nicht gemerkt? Statt in die Malediven zu fliegen oder eine gemeinsame Safari zu unternehmen, wie es mal unser gemeinsamer Traum war, hast du einfach umgebucht und mich zu einem Familienurlaub in die Berge geschleppt. Alles, wirklich alles, was du getan hast, zielte darauf ab, mir deinen Wunsch aufzudrängen. Der ewige Wunsch von der glücklichen, ewig grinsenden Familie. Du als fürsorglicher Vorzeige-Papa, der seine drei Kinder auf dem Schlitten hinterher zieht. Und ich hatte in deiner Fantasie vermutlich eine schicke Schürze und Kochhandschuhe an, habe dich jeden Tag mit einem Backblech in der Hand schon an der Haustür erwartet um dir als Highlight meines Tages einen sehnsüchtigen Kuss auf den Mund zu geben, immer mit einem schmachtenden Blick, der dir sagt, dass ich nur auf dich gewartet habe. Verstehst du? Wer auch immer da in deiner Fantasie deine Schuhe geputzt hat und mit deinem Kind auf dem Arm vor der Tür stand um dir zuzuwinken, wenn du morgens auf Arbeit fährst...wer auch immer das war - ich war das ganz sicher nicht. Du hast etwas aus mir machen wollen was ich zumindest zu diesem Zeitpunkt nicht war. Ich war meilenweit entfernt davon. Und du hast es einfach nicht verstehen wollen. Irgendwann hab ich einfach zu gemacht. Wegen Überfüllung geschlossen."

„Ja verdammt, weil das doch normal ist!" Jonas begann seine Stimme zu erheben. Er fuchtelte wild mit seinen Händen umher. „Du... bist DIE Frau für mich gewesen und ich wollte Kinder mir dir haben, weil ich es für die richtige Zeit hielt. Weil man das eben so macht. Und mal nebenbei...du wirst auch nicht jünger. Willst du mit 40 noch Mutter werden?"Er blickt sie fragend an und wartete auf ihre Reaktion.

Anna wurde unterdessen immer ruhiger und klarer in ihren Gedanken. Je länger Jonas sprach und sich dabei um Kopf und Kragen redete war ihr klar, dass sie im Begriff war die richtige Entscheidung zu treffen. Sein verzweifelter Versuch sie zu kränken rief sogar etwas wie Mitleid bei ihr hervor. Sie wusste, dass sie mit 32 plus nicht mehr zu den jüngsten Erstgebärenden gehören würde, aber das war etwas, was sie billigend in Kauf nahm. Jonas beschränkte Weltsicht verbaute ihm nun zum zweiten Mal das gemeinsame Glück mit ihr. Sie stellte sich Jonas gegenüber, der immer noch auf dem Sofa saß und sie fordernd anschaute. Sie blickte ihm tief in die Augen, nahm ihm die Fernbedienung aus der Hand und legte ihre Hand auf seinen Oberschenkel.

„Jonas... ich hab dich wirklich geliebt. Ich fand unsere Beziehung immer einzigartig und ich wollte, dass es auch so bleibt. Ich wollte nichts eben einfach mal so tun, weil das eben normal ist. Ich wollte mit dir reisen, mich am Wochenende mit dir betrunken in unser Bett retten und einfach jeden verfluchten Tag mit dir zusammen verbringen. Ich wollte uns zwei einfach so lang genießen wie es geht. Vielleicht hätte ich irgendwann auch Kinder gewollt. Aber du hast mir ja gar nicht die Wahl gelassen, mich dafür zu entscheiden. Du hast es einfach vorausgesetzt und mir blieb nichts anderes übrig, als mich von dir zu entfernen. Ich hätte mit dir darüber reden sollen, aber ich war zu sehr mit mir und meinen Wünschen beschäftigt; genauso wie du es auch warst. Du hast mich einfach erdrückt. Und nun haben wir den Salat."

Jonas schwieg eine gefühlte Ewigkeit bis er sich von dem Sofa erhob. Er ging wortlos zur Tür und schaute Anna noch mal an. Er ging, jedoch nicht ohne „Melde dich wenn du wieder zur Besinnung gekommen bist" zu sagen und knallte die Tür hinter sich zu. Anna fiel in diesem Moment ein riesiger Stein vom Herzen und sie begann augenblicklich zu weinen. Sie sank vor der Wohnungstür auf den Boden zusammen. Ihr wurde bewusst, dass sie nun wirklich allein war und alles verloren hatte, woran sie mal gehangen hatte. Sie hatte innerhalb von zwei Wochen zwei Männer vor den Kopf gestoßen und noch dazu ihre beste Freundin verprellt. Sie wünschte sich in diesem Moment an einen ganz anderen Ort der Welt. Ganz weit weg.

Scheiße, scheiße, scheiße.

Kapitel 22

Irgendwann kurz vor Weihnachten...

„Danke, Mäuschen, das ist lieb.", sprach Bettina, als Anna ihr den schweren Klinikkoffer abnahm und in ihr Auto einlud. „Keine Ursache. Ich hoffe nur, du bist bald wieder mobil. Wie lang bist du denn jetzt noch krank geschrieben?", fragte Anna. „Etwa drei Wochen. Mit Reha könnte das noch länger dauern." Bettina wirkte ganz und gar nicht fröhlich darüber, dass sie das Krankenhaus verlassen musste. Oma Elsa hatte sich erfolgreich in eine andere Abteilung des Krankenhauses verweisen lassen, nachdem man ihr ankündigte, sie wieder zu entlassen, weil sie offensichtlich kerngesund war. Der hübsche Praktikant schaute anscheinend aber noch jeden Tag bei Bettina rein und schenkte ihr genügend Aufmerksamkeit, dass sie sich offenbar recht wohl fühlte. So wohl, dass sie nur widerwillig zu gehen schien. Anna nahm sich vor, Bettina ihre Rückkehr so angenehm wie möglich zu machen. Es war Samstag und einen Tag vor Weihnachten. Anna hatte Zuhause für Bettina gekocht und ein paar Filme ausgeliehen. Das war wohl auch das Mindeste, was sie tun konnte, denn sie musste Bettina beibringen, dass sie immer noch keine neue Wohnung gefunden hatte. Etwas beschämt von ihrer Unzuverlässigkeit war Anna besonders zuvorkommend gewesen und hatte gleich bei Bettinas Ankunft Zuhause ein Bad für sie eingelassen. Bettina roch den Braten aber schon und nutzte das Abendessen um Anna nach den vergangenen Wochen auszufragen. Sie hatten zwischendurch immer nur sporadisch SMS-Kontakt. „So Mäuschen, wie sieht's denn aus? Hat dir dein Makler etwas vermitteln können?"

„Nun...es ist alles irgendwie schief gelaufen. Lange Geschichte. Bettina, es tut mir sehr leid. Ich werde morgen wieder in meine alte Wohnung gehen und mich um einen neuen Makler kümmern. Ich danke dir aber dafür, dass du mich hier hast wohnen lassen." „Keine Ursache. Aber du siehst irgendwie sehr, sehr traurig aus, Anna. Hat es zufällig etwas mit diesem Makler zu tun?" Anna schaute verlegen auf ihren Teller und nickte resigniert. „Ja so ist es. Ich habe es auf ganzer Linie verbockt."

„Na los, lass dir nicht alles aus der Nase ziehen? Ich denke er war vergeben? Hat seine Frau euch erwischt oder wollte er sich nicht von ihr trennen?", fragte Bettina energisch. „Ach, wenn es nur das gewesen wäre. Ich hab mich total getäuscht. Ich habe ihm eine Szene gemacht und bin wütend abgezischt. Aber es war alles anscheinend ein Missverständnis, da er überhaupt keine Frau hatte. Nicht mal eine Affäre. Und nun stehe ich da ohne Wohnung und ohne...diesen Makler." Die Tatsache, dass sie zwischendurch wieder mit Jonas liiert war, ließ sie lieber aus. Sie konnte sich schon denken, was Bettina davon hielt. Immerhin konnte so ziemlich jeder mit einer Mindestmenge an Verstand sich ausrechnen, dass

194

das ganze von Anfang an zum Scheitern verurteilt war. So ziemlich jeder, außer Anna. Bettinas Gesicht formte sich zu einem mitleidigen Gesichtsausdruck. „Und das alles vor Weihnachten. Das kann ja nur super werden dieses Jahr. Ich würde mich am liebsten einschließen und die nächsten Tage verschlafen.", fügte Anna hinzu. „Ach so ein Quatsch, Anna. Ja gut kann sein, dass du es dir mit diesem Makler verscherzt hast. Aber ich glaube da draußen laufen noch andere Makler herum, die dir sicher helfen können. In welcher Form auch immer. Ich weiß du willst das nicht hören, aber Gunnar wäre sicher interessiert an dir. Ich bin mir sicher du hast auf der Weihnachtsfeier Eindruck ihm hinterlassen.", sprach Bettina und zwinkerte verschwörerisch Anna zu. Sie machte sich an ihren Nudeln zu schaffen und trank einen Schluck Wein. Sie schlang das Essen förmlich in sich hinein; offenbar war die Verpflegung im Krankenhaus nicht ansatzweise so attraktiv wie das Personal. Anna war amüsiert über Bettinas ausgeprägten Appetit. „Wenn ich nur daran denke mit Gunnar in einem Raum zu sein, romantische Musik und… bähhh…..Sollte ich mit 50 immer noch einsam und unverheiratet sein, denke ich nochmal darüber nach. Willst du noch Nachschlag?", fragte Anna höflich und verspürte immer noch den Ekel bei dem Gedanken an Gunnars nasse, feuchte Lippen. „Gerne. Schmeckt super, Anna. Ich nehme gerne noch was davon. Kannst ruhig großzügig nachlegen. Ich habe einen

Bärenhunger." *Oh ja, das ist nicht zu übersehen, Bettina.*

Anna erhob sich vom Tisch und tat Bettina noch etwas mehr von den Tagliatelle und der Soße auf. Anna mochte kochen nicht besonders, deswegen hatte sie im Internet nach einem Rezept geschaut und sich peinlichst genau an die Dosierungsempfehlung gehalten. Das Rezept war für zwei Personen ausgelegt, aber es war schon früh klar, dass die Portionen offenbar für Supermodels oder Kleinkinder berechnet waren. Sie rechneten dabei offenbar nicht damit, dass das Essen schmeckte. Im Gegensatz zu Bettina hatte Anna lustlos auf ihrem Teller herum gestochert und war in Gedanken. „Wenn du möchtest, kannst du auch morgen hier mit mir und meiner Freundin Martha Weihnachten feiern. Allerdings ist das nur was für alte Mädchen wie mich, Anna." Anna war gerührt von Bettinas Fürsorge, aber winkte ab. „Danke ist lieb von dir. Aber ich habe mich bei meinen Eltern angekündigt. Sie freuen sich schon, dass ich komme." „Oh na dann ist ja gut.", gab Bettina zu verstehen und widmete sich wieder ihrem Teller. Mit großem Eifer tauchte sie das Baguette, was Anna daneben gestellt hatte, in die Soße und steckte sich das ölgetränkte Stückchen genussvoll in den Mund. Anna sah nur wenige Menschen, die mit derart viel Hingabe ein Baguette aßen, aber sie betrachtete es mit Genugtuung, denn so schlecht konnte sie offenbar nicht gekocht haben. Bettinas Sorglosigkeit steckte sie für einen Moment lang an. „Welchen Film

wollen wir denn heute Abend schauen?", fragte
Anna und lief zum Fernseher.

Kapitel 23

Friederike Wilmers war schon seit mehreren Wochen in absoluter Weihnachtsstimmung. Schon in der letzten Novemberwoche hatte sie das Haus von Innen dekoriert. Überall hingen rote Nikolausstiefel, Lebkuchenherzen und Weihnachtssterne, die sie selbst gebastelt hatte. In jedem Fenster standen Kerzen und selbst im Vorgarten standen einzelne Lichter herum. Um nicht allzu sehr dem amerikanischen Kitsch zu verfallen, wendete sie die Lichterketten nur bei ihrem übergroßen Weihnachtsbaum an, den ihr Mann Gerd vor zwei Tagen im Wald gefällt hatte. Voller Stolz kam er nach Hause und präsentierte den Tannenbaum seiner Frau. Friederike, oder Friedi, wie sie alle nannten, war völlig begeistert und drückte ihrem Mann einen Kuss auf die Wange. Gerd liebte es, seine Frau so strahlen zu sehen. Auch nach über 35 Jahren Ehe mochte er nichts mehr, als seiner Frau ein Lachen abgewinnen zu können. Freilich hatten sie zwischenzeitlich auch mal schwere Phasen. Aber das Fazit der vergangenen Jahre war, dass sie sich beide nicht mehr hergeben wollten. Sie liebten sich immer noch wie am ersten Tag, auch wenn die Schmetterlinge eben gewichen waren. „Anna hat mich gerade angerufen. Sie wird bei uns Weihnachten verbringen. Ist das nicht schön?", teilte Friedi ihrem Gerd mit, als er den Baum in das Wohnzimmer hievte. „Allerdings ohne Jonas.", fügte sie hinzu und wartete auf Gerds Reaktion. „Ach so.", antwortete Gerd nur knapp und damit war für ihn das Thema beendet. Gerd durchblickte das Liebesleben seiner Tochter nur rudimentär. Sie war viele Jahre mit Jonas zusammen gewesen, was er entgegen seiner Frau oftmals nicht verstand und mit Besorgnis betrachtete. Ihm gefiel nicht, wie Jonas sie einengte und wie er sie verbiegen wollte. Dass Anna die letzten Jahre immer zu Weihnachten bei Jonas' Eltern verbringen musste, weil Jonas darauf bestand, ärgerte ihn jedesmal aufs Neue. Allerdings war Gerd kein Mann der großen Worte und schon gar nicht wenn es um seine geliebte Anna ging. Sie war alt genug, das wusste er. Und die Trennung von Jonas beobachtete Gerd nicht nur mit stiller Genugtuung, sondern auch mit Erleichterung. Irgendwann, so dachte er, würde seine kleine Anna schon den Richtigen finden, da war er sich sicher. Die Bedenken seiner Frau, Anna würde eventuell alleinstehend bleiben, teilte er daher nicht. Friedi war ständig besorgt um Anna. Das war besonders schlimm geworden, als Anna ihr von der Trennung erzählte. Mit Jonas an ihrer Seite war Anna sicher und gut versorgt; das war zumindest das, was Friedi immer dachte. Dass er sie nun so stehen ließ, war nicht die feine englische Art von ihm, aber insgeheim dachte sich Friedi oft, dass Anna vielleicht nicht ganz unschuldig daran war. Wie auch immer, nun war sie allein und sie würde nach vielen Jahren endlich wieder bei ihrer Familie Zuhause Weihnachten verbringen. Annas älterer

Bruder Dirk und seine Frau mit ihren beiden Kindern hatte sich auch angekündigt. Heute war endlich der Weihnachtstag gekommen und alles war vorbereitet. Gerade klingelte es an der Tür und Friedi lief geschwind durch die Wohnung. Gerd hatte die Angespanntheit seiner Frau stets mit einem Lächeln zur Kenntnis genommen, wie auch dieses Mal. Er widmete sich dem Kaminholz und ließ seine Frau die Gäste empfangen.

„Hallo Mama.", sagte Anna nur knapp und drückte ihre Mutter ganz fest. Sofort begann Anna zu weinen und schnupfte auf den Kaschmir-Pulli ihrer Mutter. Während Friedi genau wusste, was in Anna vorging, wischte sie ihre Tränen aus ihrem Gesicht und bat sie einzutreten. Sie nahm Annas Jacke ab und ging mit ihr ins Wohnzimmer. Anna schluchzte betrübt vor sich hin und nahm auf dem Sofa Platz. Friedi reichte ihrer Tochter derweil eine heiße Schokolode und setzte sich neben sie. Friedi brauchte nicht fragen, was mit ihr los ist, denn kaum hatte sie die Tasse Tee abgestellt und sich Anna zugewandt, begann diese auch schon drauf los zu plappern: „Mama ich habe es einfach nur verbockt. Ich hab alles verbockt. Ich fühl mich schrecklich. Ich…ich…das ist einfach alles scheiße." Anna schniefte in das Taschentuch, welches ihr Friedi hin hielt. „Mein Gott, du bist ja völlig aufgelöst, Anna, was ist denn passiert? Ist es wegen Jonas?", fragte sie nach. Anna überlegte kurz wo sie anfangen sollte, aber entschied sich es kurz zu fassen. „Nein nicht ganz. Das mit Jonas ist vorbei. Und auch wenn es weh tut, es ist gut so.

Wir hatten es zwar noch mal miteinander probiert, aber diesmal war ich es, die es beendet hat. Das war vor zwei Tagen und irgendwie bin ich eher erleichtert als traurig darüber. Es war zwischenzeitlich einfach zu viel passiert und mir ist einiges klar geworden. Ich wünsche ihm alles Gute und ich hoffe, dass er irgendwann eine passende Frau für sich findet. Ich bin es aber nicht." „Anna, das klingt doch aber ziemlich erwachsen von dir. Weshalb bist du dann so verzweifelt?" Friedi verstand die Welt nicht mehr und hoffte auf eine Erklärung ihrer Tochter. In diesem Moment kam Gerd ins Wohnzimmer herein und nahm Anna erst gar nicht wahr. Dass sie offensichtlich geweint hatte oder es immer noch tat, versuchte er zu ignorieren. Weiblichen Gefühlsausbrüchen gab er zwar stets ihren Raum, aber er wollte sie nicht kommentieren. Stattdessen begrüßte er Anna, indem er seine Tochter liebevoll in die Arme nahm. Er war wirklich froh, sein Mädchen wieder zu sehen und er hasste es wenn sie weinte. Das war so, als Anna noch ein kleines Kind war. Nur diesmal, das war ihm klar, ging es nicht um die verwehrte Tafel Schokolade oder den Streit mit dem Nachbarsjungen um den vorderen Platz im Schulbus. Anna drückte ihren Vater fest und brachte nur ein leises „Hallo Papa" heraus. Gerd nahm dann wortlos in seinem Sessel neben dem Kamin Platz und nahm sich wie üblich eine Zeitung zur Hand. Anna redete derweil weiter: „Das Problem ist nicht Jonas. Das Problem ist ein anderer Mann, den ich erst aufgrund eines

Missverständnisses, dann wegen Jonas habe sitzen lassen. Ich mochte ihn tatsächlich und mittlerweile glaube ich auch, dass er mich mochte. Aber ich hab's einfach verbockt. Und das Schlimmste ist: Mila redet sicher auch nicht mehr mit mir. Dabei hat sie es nur gut gemeint. Wir haben uns gestritten und ich habe schlimme, gemeine Dinge zu ihr gesagt. Ich hab alle Menschen, die es gut mit mir meinten weggestoßen und schlecht behandelt. Ich hab niemanden mehr." Gerd schaute aufgrund Annas Bemerkung hinter seiner Zeitung hervor und rümpfte die Nase. Friedi konnte Anna zwar nicht besonders gut folgen, aber sie verstand offenbar, dass Anna sich besonders einsam fühlte. „Anna das ist Unsinn und das weißt du. Dein Vater und ich sind natürlich immer für dich da und mit uns kannst du es dir nur sehr schwer verscherzen. Ich gebe zu, ich habe keine Ahnung wovon du redest, aber für mich hört sich das alles ganz simpel an. Hast du es versucht dich bei Mila und diesem Mann zu entschuldigen? Ich denke wenigstens bei Mila bekommst du das wieder hin. Ihr seid doch schon seit dem Kindergarten befreundet!" „Nein Mama. Diesmal ist das anders. Ich kann nicht einfach Mila anrufen und sagen >Hey sorry Mila, war mal kurz ein bisschen schräg drauf, wohl zu viel gebechert, was geht heute Abend?<. Nein, ich glaube ich habe Mila schrecklich enttäuscht. Ich war sehr gemein zu ihr und sie will jetzt sicher nichts mehr mit mir zu tun haben." *Und ich könnte es verstehen,* fügte Anna in Gedanken hinzu. Sie beruhigte sich so langsam, aber war immer noch aufgelöst. „Anna, ich muss jetzt erstmal in die Küche und den Braten weiter vorbereiten. Dein Bruder und Annette werden wohl bald hier mit den Kindern aufschlagen. Kann ich dich hier allein lassen?" Anna nickte ergeben und nahm einen Schluck von ihrem Kakao. Er schmeckte so wie in ihrer Kindheit und sie fühlte sich seltsam geborgen. Sie starrte auf die prasselnden Flammen des Kaminfeuers, klemmte sich ein Kissen zwischen die Knie und hockte in ihrer Sofaecke, in der sie schon als Kind immer saß. Sie liebte das schwere alte Sofa ihrer Eltern. Es war weich und hatte hohe Lehnen. Ihre Mutter hing sehr daran und sie pflegte es deshalb akribisch. Die grün-rote Farbe war in den vergangenen Jahren kaum verblasst und sie fühlte sich in ihre Kindheit zurück versetzt. Sie verharrte eine Weile in dieser Stellung und gab kaum einen Ton von sich.

Friedi stand derweil in ihrer Küche und dachte über Annas bisheriges Leben nach. Sie war ein naives, aber liebes Mädchen; machte kaum Ärger und bereitete Friedi jedenfalls nicht mehr Kummer als es andere Kinder taten. Anna lernte schon sehr früh ihren Jonas kennen und war von da an in festen Händen. Freilich glaubten viele ihrer Freunde und auch Friedi, dass so eine Jugendliebe nicht von langer Dauer ist. Es hieß ja immer, dass man sich austoben solle. Während Annas Freundinnen sich im Wochentakt verliebten und wieder entliebten, war Anna in Jonas unsterblich vernarrt und verbrachte jede freie Minute mit ihm.

Und schon nach drei Jahren Beziehung war es unvorstellbar gewesen, dass Anna und Jonas nicht mehr zusammen sein würden. Und nun war es soweit, dass Jonas nicht mehr in Annas Leben war und Anna mit 32 Jahren plötzlich die Probleme machte, die andere Mädchen mit 16 ihren Eltern bereiteten. Der erste Liebeskummer, Streit mit der besten Freundin – alles kam ihr wie eine verspätete Pubertät vor. Nur, dass Anna bereits selbst eine erwachsene Frau war und so gar nichts an ihrem restlichen Verhalten pubertär war. Friedi fragte sich, was die anderen Mütter in so einer Lage getan hätten, um ihre Kinder zu trösten. Mit einer Tasse Kakao war es sicher nicht getan. Doch Friedi wusste ziemlich schnell die Antwort. Sie verließ die Küche mit dem Telefon in der Hand. Weder Anna noch Gerd bekamen mit, dass sie das Haus verließ um auf der Terrasse zu telefonieren. Es tutete zweimal bis jemand ans Telefon ging: „Hallo? Friedi bist du das?"

„Ja ich bin es. Schön dich wieder zu hören, Liebes. Ich brauche deine Hilfe. Du musst hier her kommen. Anna ist völlig fertig."

Schweigen am Telefon. Friedi begann zu erzählen, was Anna ihr berichtet hatte. Nach langem Schweigen am Telefon, bekam sie nur eine knappe Antwort: „Ja in Ordnung. Ich komme aber nicht allein. Bis gleich."

Kapitel 24

Gerd erhob sich von seinem Sessel und legte Feuerholz nach. Anna beobachtete ihren Vater und sah ihm an, dass sein Rücken wahrscheinlich schmerzte. Wie so oft aber ließ er sich nichts anmerken. Jammern war neben ausgeprägter Kommunikation definitiv nicht sein Ding. Offenbar gab es in seiner Generation entweder nur die Jammerlappen-Fraktion, die sich in wohl gewählten, möglichst kurzen Abständen kranker machten als sie waren. Oder sie waren wie ihr Vater eher von der Sorte Altherren, die sich wohl für nichts zu alt, sondern nur zu erwachsen fühlten. Jammern war etwas für Weicheier und Nichtraucher, pflegte Gerd immer zu sagen, was Anna stets mit einem Augenrollen quittierte. Dennoch liebte sie ihren Vater, weil er nun mal so war wie er war. Anna wollte gerade aufstehen, um ihrem Vater beim Tragen der Holzbrocken zu helfen, als ihre Mutter ins Wohnzimmer eintrat. „Dirk wird sich verspäten. Er hat sich gerade gemeldet. Aber sie werden es wohl zum Abendessen schaffen." Gerd nickte zufrieden während Anna ein wenig enttäuscht war. Sie freute sich ihren Bruder wieder zu sehen. Obwohl sie in derselben Stadt wohnten, trafen sie sich höchstes einmal halbjährlich zum Tee trinken in seinem Garten. „Anna möchtest du noch einen Kakao?" Anna streckte wortlos ihre leere Tasse entgegen und setzte sich wieder in die Sofaecke. Sie war sofort wieder in Gedanken und bemerkte gar nicht, wie Friedi ihr den Kakao auf den Beistelltisch gestellt hatte. Sie saß da etwa eine Stunde, bis es plötzlich an der Tür klingelte. „Anna gehst du bitte an die Tür? Ich kann hier gerade nicht weg.", rief ihre Mutter. Anna nahm nur das Rumpeln und Klappern der Töpfe aus der Küche wahr. Sie begab sich zur Haustür und öffnete sie. Vor ihr stand Mila und ein junger Mann, den sie auch schon mal irgendwo gesehen hatte. Anna wusste nicht, was sie sagen sollte und brachte nur ein „Mila! Was willst du denn hier?" hervor. „Wirklich liebevolle Begrüßung meine Beste. Ich komme, weil deine Mutter mich angerufen hat. Sie hat gesagt, dass es dir miserabel geht und, dass du jetzt eine Freundin gebrauchen könntest. Du brauchst es auch nicht abzustreiten, ich kann sehen, dass du geheult hast." In diesem Augenblick kamen Anna wieder die Tränen; sie konnte nichts dagegen tun. Diesmal war es aber nicht nur die pure Verzweiflung, sondern eine Mischung aus Traurigkeit, Erleichterung und Freude. Sie musste Mila augenblicklich ganz fest drücken, so erleichtert war sie, dass sie da war. Sie nahmen sich in den Arm und Mila streichelte Anna über den Kopf. „Ich bin stolz auf dich, Anna", sagte Mila und Anna wusste, dass sie damit die Trennung von Jonas meinte. Weitere Worte waren erstmal nicht nötig. Anna bat die Beiden zur Tür herein.

„Anna, das ist übrigens Steffen. Ihr kennt euch bereits.", sagte Mila während Steffen sich nach vorn beugte, um Annas Hand zu küssen. „Hallo

Signora, schön Sie wieder zu sehen. Wie geht es Ihnen?", sagte Steffen und wedelte ostentativ mit seinem Schal und legte ihn über seinen ausgestreckten Unterarm um eine Kellnergeste zu imitieren. In dem Moment wusste Anna auch, woher sie Steffen kannte. Augenblicklich sah sie sich wieder mit Henrik in diesem Restaurant sitzen während dieser übertrieben freundliche Kellner um sie herum schlich. „Oh ja ich erinnere mich.", antwortete Anna nicht ohne süffisantes Grinsen. „Woher kennt ihr beiden euch denn?"

„Wir haben uns durch Zufall getroffen. Lange Geschichte. Komm lass uns erstmal ins Wohnzimmer gehen.", entgegnete Mila und ging voraus.

Eine halbe Stunde später saßen Mila, Steffen, Anna und ihre Eltern um den Kamin herum und besprachen die letzten Wochen. Mila hatte alle Einzelheiten mit und ohne Jonas erfahren, Steffen saß nur schweigend daneben aber hörte aufmerksam zu. Friedi hatte eine Neugierde für diesen Henrik entwickelt und Mila klärte sie über ihn und das Missverständnis auf. Friedi verstand das Problem nicht ganz. „Ich weiß nicht. Ihr jungen Leute macht euch immer Probleme, wo keine sind. Früher haben wir uns einfach genommen was wir wollten, heute ist das alles so kompliziert." Steffen pflichtete Friedi bei und küsste Mila liebevoll auf die Wange. „Sie haben Recht Frau Wilmers. Manchmal muss man einfach zugreifen ohne alles zu zerdenken.", kommentierte er. „Und wie habt ihr euch das vorgestellt? Soll ich einfach zu ihm hingehen und mich entschuldigen. >Hey Henrik, war nicht so gemeint, wollen wir noch mal miteinander essen gehen? Diesmal zahle ich?! Ach übrigens ich brauche noch eine Wohnung. Ist doch kein Problem oder?", murmelte Anna in die Runde. Alle saßen schweigend da und waren ebenfalls ratlos. Gerd ergriff plötzlich das Wort: "Anna, mein Kind, du weißt ich finde fast alles richtig und vernünftig was du tust. Und ich liebe dich. Aber ich muss dich mal was fragen: Warum machst du dich selber so schlecht? Nicht, dass ich unbedingt noch mehr Enkel bräuchte. Mir reichen die beiden Rabauken deines Bruders. Aber du hast doch nicht weniger Recht glücklich zu sein, nur weil du einmal einen Fehler gemacht hast. Menschen dürfen Fehler machen und Menschen dürfen sich auch mal um entscheiden. Verdammt, Anna, schnapp dir diesen Makler. Ich kann es nicht mehr mit ansehen, wie du hier im Selbstmitleid versinkst." Damit war Gerd wieder verstummt. Alle drehten sich zu Gerd und waren überrascht, wie gesprächig er sein konnte. Augenblicklich versteckte er sein Gesicht wieder hinter seiner Zeitung und nahm die Fortsetzung des Gespräches nur noch mit halbem Ohr wahr. „Anna, dein Vater hat Recht. Du solltest es wenigstens bei Henrik versuchen. Ich weiß, dass es ihm nach eurer Auseinandersetzung auch nicht sehr gut ging. Das hat mir Steffen gesagt.", sprach Mila. Anna schwieg noch eine kurze Weile. „Ok, ich werde es versuchen.", sagte sie kurz und knapp. Alle atmeten erleichtert auf. „Aber erst nachdem ich eine neue Wohnung gefunden habe. Ich will, dass er mich diesmal nicht als hilflose Wohnungssuchende kennen lernt und ich will noch weniger, dass er denkt ich wolle mich nur mit ihm versöhnen, weil ich mich von Jonas getrennt habe und nun wieder eine Wohnung und einen Lover brauche. Versteht ihr?", sie holte kurz Luft und zögerte. "Ich habe mich in den letzten zwei Monaten ununterbrochen getrennt, versöhnt, verliebt oder Liebeskummer gehabt. Ich brauche jetzt Zeit und Ruhe für mich. Ich will erstmal zu mir kommen, um nicht noch mehr Menschen vor den Kopf zu stoßen." Alle nickten, aber waren ernüchtert. Ihnen war genauso wie Anna klar, dass das mit der Wohnungssuche in Oldenburg eine Weile dauern konnte. Dann klingelte es wieder an der Tür und Friedi ließ die Anderen allein. Annette und die Kinder betraten nacheinander das Wohnzimmer. Schlussendlich folgten Dirk und Friedi, die den Braten und das übrige Essen hinein trugen und auf dem Esstisch stellten. Alle nahmen an der Tafel Platz und genossen das Abendessen. Zum ersten Mal seit langem fühlte sich Anna an einem Ort wieder wohl und sie hatte ein klares Ziel vor Augen. Sobald sie eine neue Wohnung gefunden hatte, würde sie mit Henrik reden und sich zumindest bei ihm entschuldigen. Zuletzt fühlte sie sich so wohl, als sie in Henriks Armen lag. Aber dieser Moment erschien ihr so unheimlich lang her, fast wie eine Ewigkeit.

Alles auf Neuanfang, Anna. Vielleicht.

Kapitel 25

Steffen und Mila verließen das Haus der Familie Wilmers halb laufend, halb rollend. Friedi hatte wieder festlich aufgetafelt und beide hatten ebenso feierlich zugelangt. Der Abend war geprägt von gutem Essen, guten Gesprächen und einer wirklich angenehmen Gemütlichkeit. So eine weihnachtliche Stimmung gab es sonst nur in Weihnachtsfilmen, die man so aus der Kindheit kannte. Der Nachtisch jedoch übertraf wirklich alles. Friedi servierte selbstgemachten Bratapfel mit Vanillesoße und dazu ein paar Rosinen, die sie liebevoll darüber gestreut hatte. Man hätte meinen können, dass der Lammbraten die Mägen bereits bis zum Anschlag gefüllt hätte, doch an diesem Dessert kam wirklich niemand vorbei. Und so schaffte Mila das Unmögliche. Sie aß einen Bratapfel und teilte sich sogar einen Zweiten mit Steffen. Dieser hievte sich angestrengt ins Auto und steckte den Schlüssel ins Schloss. Mila setzte sich ebenso schwerfällig auf den Beifahrersitz und drehte sich sofort in Steffens Richtung um ihm in die Augen zu sehen. Sie blieb fast die gesamte Autofahrt in dieser Position, weil sie ihre Augen einfach nicht von ihm abwenden wollte. Steffen genoss ihre Blicke und war fast ein bisschen verärgert darüber, dass er seine Aufmerksamkeit dem Straßenverkehr widmen musste. Zu schön waren Milas Augen und ihre Haare, wenn sie darüber eine Mütze trug. Genauso hatte sie sie auch getragen, als sie sich zum ersten Mal allein trafen. Das war genau vor einer Woche. Sie verabredeten sich in einer kleinen Bar in der Nähe des Restaurants, in dem er arbeitete. Sie stand mit ihrem feuerroten Baumwollmantel mit den großen schwarzen Knöpfen und ihrer weißen Bommelmütze vor der Eingangstür und wartete auf ihn. Sie schaute die ganze Zeit in die gegensätzliche Richtung, aus der er kam und sie bemerkte ihn daher zuerst nicht. Er blieb eine Weile direkt neben ihr stehen und wartete vergnüglich Er machte sich allmählich einen Spaß daraus, sie zu beobachten, wie sie offensichtlich aufgeregt auf ihn wartete. Doch dann schaute sie kurz nach oben und musste ihn im Augenwinkel wahr genommen haben. Sie lächelte, als sie ihn sah und erschrak sich gleichzeitig ein bisschen. Außer ein schüchternes „hi" brachte sie nichts hervor. Steffen hingegen plapperte den ganzen Abend wie ein Wasserfall. Mila saß nur an der Bar, stützte ihr Kinn auf ihren Handrücken und hörte ihm wie hypnotisiert zu. Sie hatte den ganzen Abend nur sehr wenig geredet und nur auf seine Nachfragen geantwortet. Als sie sich später wieder trennten und Steffen zuhause angekommen war, war er völlig frustriert unter der Dusche verschwunden und hatte sich ein Bier mit auf die Couch genommen. Er war fest überzeugt, dass Mila von ihm genervt war. Ihm war seine Redseligkeit im Nachhinein ziemlich peinlich und er war sich sicher, nie mehr etwas von Mila zu hören. Am nächsten Morgen rief sie ihn jedoch an und tat so, als kannten sie sich schon ewig. Steffen war verwirrt, vor allem als Mila vorschlug, gemeinsam mit ihm zu frühstücken. Keine zwanzig Minuten später stand sie bei ihm vor der Haustür, hatte Brötchen in der Hand und küsste ihn auf die Wange. Während Steffen noch verdutzt an der Tür stehen blieb, war Mila schon wie selbstverständlich in seine Küche gelaufen und setzte den Kaffee auf. Nachdem sie gegessen hatten, fielen sie übereinander her.

Als Steffen so vollgefressen im Auto saß und an die erste Nacht mit Mila dachte wurde ihm ziemlich warm ums Herz. Das war auch bitter nötig, denn es war außerordentlich kalt. Sie fuhren zu Mila, die eindeutig das geräumigere Bett besaß. Dass sie einen rosa Himmel aus Tüll über ihrem Bett angebracht hatte, versuchte Steffen zu ignorieren. Sie ließen den Abend ausklingen, indem beide keine Zeit verloren und den direkten Weg in Milas Prinzessinnengemach wählten. Zwischen zahllosen Kuscheltieren und Kissen, mit denen sich Mila sonst das Bett teilte, verschwanden sie unter der Bettdecke und kamen die ganze Nacht nicht mehr hervor.
Am nächsten Morgen wachten beide fast gleichzeitig auf. Mila legte sich in Steffens Arme und sah nachdenklich aus. „Über was denkst du nach?", fragte Steffen. „Ach…ich muss ständig an Anna denken. Sie tut mir so leid. Ich fühle mich immer noch schuldig."

„Das ist doch Quatsch. Das war einfach ein blödes Missverständnis, was du schon mehr als einmal versucht hast, aufzuklären. Jetzt ist es an Anna, etwas daraus zu machen. Sie müsste nur den ersten Schritt machen und sich wenigstens bei ihm entschuldigen." Steffen küsste Mila liebevoll auf die Stirn. Mila wirkte ganz und gar nicht beruhigt. „Ja mag sein. Aber ich würde ihr so gerne helfen. Sie hat zwar gesagt, dass sie sich bei ihm melden wird. Aber am Ende tut sie es ja doch nicht, weil sie sich zu sehr schämt oder weil sie Angst hat, dass er sie zurück weist. Ach...das ist doch alles Mist."

„Ok, du hast schon Recht. Ich hab Henrik schon lange nicht mehr so verliebt gesehen. Ich dachte immer, dass er seit Franziska eine Allergie gegen Liebe oder so was wie feste Beziehungen entwickelt hat. Und deine Freundin Anna hat ihn aus irgendeinem Grund innerhalb von wenigen Tagen total umgekrempelt. Als er mir von ihr erzählte, war ich eine Zeit lang nicht sicher, ob ich nicht mit einem mir noch unbekannten Zwilling von Henrik redete. Mila, Henrik ist ein total begehrter Mann, ich habe ihn immer um seine Affären beneidet. Aber je länger Anna damit wartet sich bei ihm zu melden, desto größer ist die Wahrscheinlichkeit, dass bald eine andere Frau bei ihm anklopft und ihn um den Verstand bringt..."

„...weil er mittlerweile begriffen hat, wie schön es ist, verliebt zu sein.", fügte Mila nachdenklich hinzu. Umgehend war sie trauriger und nervöser geworden. „Wir müssen irgendwas tun. Du kennst

Henrik, ich kenne Anna. Wir müssen sie irgendwie wieder zusammen führen. Rein zufällig natürlich, du verstehst. „Und wie willst du das machen? Sollen wir uns mit ihnen am selben Ort verabreden und statt selbst hinzugehen werden sie sich dort allein begegnen? Meinst du das funktioniert?", fragte Steffen unsicher.

„Nein. Das wäre zu plump.", sagte Mila und überlegte einige Minuten angestrengt. Plötzlich hatte sie einen Einfall. Je mehr sie darüber nachdachte, desto besser gefiel ihr ihre Idee. „Ich hab's!", brüllte Mila aufgeregt in Steffens Ohren, der davon einen riesigen Schreck bekam. Milas Geistesblitze kamen immer unerwartet und laut; daran musste er sich offenbar schnell gewöhnen. Sie erzählte Steffen ihren Plan und wartete auf seine Reaktion. Erst war er skeptisch, dann amüsiert und je länger er darüber nachdachte, desto überzeugter war er. Einziges Problem: sie mussten Henrik in diesen Plan einweihen. Und das dürfte nicht einfach werden, denn er war immer noch sehr verletzt und Steffen wusste nach jahrelanger Freundschaft nur zu gut, dass er verdammt stur sein konnte. „Das wird nicht einfach werden, Mila. Dein Plan gefällt mir. Aber du bist gut, Signora.", sagte Steffen.

„Noch irgendwelche Fragen zum Ablauf?", fragte Mila, die gerade die Bettdecke aufschlug und voller Tatendrang aus dem Bett steigen wollte. „Nein. Alles klar soweit." Damit erhob sich auch Steffen aus dem Bett. „Moment!", sagte Mila hastig. „Ich habe da aber noch eine Frage." Steffen

217

blieb auf der Bettkante sitzen. „Sprichst du eigentlich überhaupt nur ein bisschen italienisch?",
fragte Mila ernst.

„Nicht ein einziges Wort.", antwortete er, woraufhin beide lachend zurück ins Bett fielen.

Kapitel 26

Irgendwann nach Weihnachten...

Anna hockte auf einer Bank im Schlosspark. Es hatte endlich geschneit und alles war mit einem weißen feinen Schleier bedeckt. Sie war ein bisschen zu früh dran, aber sie nutzte die Zeit um sich ein bisschen zu sammeln. Die letzten Wochen zwangen sie, auf Arbeit zukünftig ein bisschen kürzer zu treten und sich mehr um sich selbst zu kümmern. Wenigstens für diese Erfahrung waren sie gut gewesen. Wieder einmal ertappte sie sich dabei, wie sie an Henrik dachte, aber den Gedanken an ihn schnell wieder verwarf. Es war immer eine Mischung aus Traurigkeit und Trostlosigkeit gewesen, die sie sofort umgab, wenn er in ihren Gedanken auftauchte. Sie wusste nicht, wie eine neue Wohnung plötzlich einen Neuanfang einläuten konnte. Sie freute sich keineswegs auf das Gestalten der Wohnung oder die Anschaffung einer neuen Einrichtung. Genau genommen hatte sie jegliche Lust daran verloren. Sie brauchte jedoch wieder eine neue Aufgabe, die ihr Leben füllen sollte und sie wünschte sich, dass es diesmal nichts mit der Arbeit zu tun habe. Also nahm sie sich vor gegen ihre Melancholie anzukämpfen und sich in die Schaffung ihres eigenen Reiches zu stürzen. Vielleicht, so hoffte sie, kommt dann die Lust und die Kreativität wie von alleine. Sie spazierte zurück zum Auto und fuhr zum Termin mit Herrn Hübben, dem neuen Makler. Mila hatte sie heute früh angerufen und ihr den Termin durchgegeben. Mila war völlig aufgeregt am Telefon und hatte eine zittrige Stimme „Anna, ich hab dir einen Makler besorgt. Du hast heute Abend 17 Uhr einen Termin mit ihm. Er hat dich schnell dazwischen geschoben. Ihr trefft euch auf dem Pferdemarkt. Sei bloß pünktlich." Noch bevor Anna etwas entgegnen konnte, hatte Mila auch schon hastig das Gespräch beendet. Anna wunderte sich, welcher Makler ausgerechnet am ersten Weihnachtsfeiertag Wohnungsbesichtigungen abhielt, aber das sollte für sie nur gut sein. Es war ja nicht mehr viel Zeit, bis sie aus ihrer alten Wohnung raus musste und sie war sich sicher, dass es dem Vermieter ziemlich schnuppe sein würde, ob so viele Feiertage dazwischen waren oder nicht. Im Internet fand sie nichts über diesen Herrn Hübben, sie musste sich also auf Milas Gespür verlassen. Da dies aber in den letzten Wochen nicht ansatzweise so oft daneben lag wie Annas Gefühlskompass, vertraute sie darauf. Eine Stunde vor dem Termin rief Herr Hübben Anna nochmal an um sie an den Termin zu erinnern und ihr die genaue Adresse zu geben, wo sie sich treffen sollten. Wahrscheinich wollte er nur sicher gehen, dass er an einem Feiertag nicht umsonst auf eine Klientin wartete. Wenn er nur halbwegs so alt war wie er am Telefon klang, bestünde wenigstens nicht die Gefahr, sich wieder in eine leidenschaftliche Liebelei zu verlieren. Von Beziehungen hatte Anna nun wirklich erstmal die Nase voll. Wer so zielsicher in Fettnäpfen trat und

Fehlentscheidungen traf, sollte sich vielleicht auch einfach nicht verlieben. Zurück bliebe sowieso nur wieder mindestens ein enttäuschtes Herz und das war das Letzte, was sie jetzt brauchte. Sie vermisste Henrik. Egal wie sie es drehte und wendete sie vermisste ihn einfach nur schrecklich. Je mehr sie ihn zu vergessen versuchte, desto mehr drängte er sich in ihren Kopf. Es war zum verrückt werden.

Herr Hübben empfing Anna mit einem „Hallöchen" ungewöhnlich beschwingt direkt vor der Wohnung, die er ihr vorstellen wollte. Die Wohnung lag im Stadtteil Bürgerfelde, unweit des Pferdemarktes und war von außen kaum einzusehen, weil sie von Bäumen und Gestrüpp zugewachsen war. Die Tannen vor dem Haus taten ihr Übriges. Sie lag in einer ruhigen Seitenstraße, war aber keine zehn Minuten Fußweg von der Innenstadt entfernt. Der kleine Garten, sofern er nicht auch völlig zugewuchert war, machte einen gemütlichen Eindruck. Dort standen nur drei Gartenstühle und ein großer Tisch. Offenbar wohnten in dem Haus keine Kinder, sonst hätten da sicher auch Fahrräder, eine Rutsche oder eine Schaukel gestanden. Sie gingen ins zweite Stockwerk und Herr Hübben schloss die alte blau angestrichene, aber schon ziemlich verblichene Haustür auf. Die ganze Zeit grinste er wie ein Honigkuchenpferd und schaute immer wieder aufgeregt in ihre Richtung.

„Und? Freuen sie sich schon?", fragte er.

„Auf was genau?"

„Na auf eine neue Wohnung. Werden Sie allein hier einziehen?"

„Ja das werde ich. Eine bessere Hälfte gibt es nicht- noch nicht.", Anna räusperte sich und wartete auf die üblichen Daten. *Grins nicht so blöd. Fang an. Größe? Zimmer-anzahl? Preis? Das kann doch nicht so schwer sein. Zuhause wartet ein Kakao und eine Sofaecke meiner Eltern auf mich.* Anna war genervt. Und sie fühlte sich gleichzeitig elend, weil sie sich sicher war, dass man ihr das auch ansah.

Dass im Flur der Wohnung noch eine Garderobe stand beunruhigte sie nicht sonderlich. Womöglich war der Vormieter noch nicht vollständig ausgezogen. Allerdings hoffte sie, dass dies baldmöglichst geschehen würde, denn immerhin hatte Herr Hübben ihr am Telefon versichert, dass die Wohnung >zu sofort< bezugsfertig sei. Beim genaueren Hinsehen musste Anna aber feststellen, dass der Vormieter offenbar noch keine Anstalten machte, überhaupt in nächster Zeit diese Wohnung zu verlassen. Nirgendwo standen Umzugskartons, keine abmontierten Regale, nirgendwo offene Farbeimer oder auch nur ansatzweise in die Ecke gestellte bereits zusammengebaute Möbel. Offenbar hatte der Bewohner die Ruhe weg. Anna verschlug es immer mehr die Stimmung. Herr Hübben schien sich seiner Sache jedoch ziemlich sicher zu sein und steuerte zielstrebig auf die Küche zu. Dazu durchquerten sie den fein heraus geputzten circa drei Meter langen Flur, in dem überall an der Wand Fotos von James Dean und weitere Filmposter in schwarzweiß hingen. Über jedem Bild war eine Lampe angebracht, um es noch mehr in Szene setzen zu können. Ihr gefiel der Stil, aber als sie in der Küche zum Stehen kam, stockte ihr kurz der Atem. Das Wohnzimmer und die Küche waren ein zusammenhängender, offener Raum. Anna musterte die Küche, die links außen bis in die Mitte des riesigen Raumes herein ragte. Sie war mattschwarz, führte die gesamte Wand entlang und wurde offenbar vor ihrem Besitzer penibel gesäubert. Das jedenfalls war die einzige Erklärung dafür, dass die Einbaugeräte so unverschämt glänzten. Überall hingen kleine Lampen von den Oberschränken auf die meterlange Arbeitsfläche herab. Vor der Küchenzeile stand eine ebenso mattschwarze Kochinsel, die von einer riesigen Dunstabzugshaube aus Edelstahl angestrahlt wurde. Um die Insel herum standen vier Barhocker. Anna war von der Küche derart fasziniert, dass sie überhaupt nicht das Wohnzimmer wahr nahm. In dieser Küche konnte sich selbst Anna vorstellen, stundenlang Kekse zu backen und ausgefallene Rezepte nachzukochen. Herr Hübben grinste selbstzufrieden. „Und? Was sagen Sie? Sieht gut aus, was?" Anna blieb stumm und nickte anerkennend. „Alles nur vom Feinsten", ergänzte er. „Nichts zusammen Gewürfeltes. Echtholz. Edelstahlgeräte und dass es alles Markenprodukte sind brauche ich ja nicht zu erwähnen. Hier dürfte ihnen gemeinsames Kochen sicher Spaß machen." Er stutzte kurz und fügte hinzu: „Natürlich auch allein. Ganz nach der Lebenssituation." Er wirkte etwas peinlich berührt, was Anna ein bisschen amüsierte. Offenbar tat sie ihm leid. Als Anna das Wohnzimmer betrachtete tat sie sich jedoch gar nicht mehr so leid. Die Ledercouch war nicht ganz nach ihrem Stil, ein bisschen zu kühl. Aber die großen Fenster, die bis auf den Boden reichten, der Stuck an den Wänden und der kleine Kamin in der Ecke brachten Annas gemütliche Seite plötzlich in Fahrt. In ihrer Fantasie sah sie sich schon mit Mila, ihren Freundinnen auf einer weißen Kuschellandschaft sitzen und Frauengespräche führen. Sogar A-Hörnchen und B-Hörnchen tauchten vor ihrem geistigen Auge auf und hielten ihr freudestrahlend eine Flasche Sekt entgegen.

In dem überdimensionalen Fernseher, den Anna sich noch kaufen wollte, lief unentwegt ihre Lieblingsserie. Anna saß auf der Couch und schaute zufrieden und sogar ein bisschen verliebt aus. Offensichtlich ging es ihr in ihrer Fantasie sehr gut. Doch das Bild verzerrte sich jäh, als Anna wieder zurück in die Realität kam. So schön sie den Raum auch fand, sie hatte den Rest der Wohnung noch nicht gesehen. Sie schaute Herrn Hübben erwartungsvoll ins Gesicht und deutete ihm gespielt souverän, dass sie nun bereit sei, diesen Raum zu verlassen und sich anderweitig umzusehen. Herr Hübben nickte ergeben und drehte ihr den Rücken zu. „Nun... als nächstes schauen wir uns das Bad an oder was sagen Sie?"

Ohne ihre Antwort abzuwarten, ging er zurück durch den Flur, vorbei an einer dunklen Holztür, die vom Flur auf der linken Seite abging und direkt gegenüber der Wohnungstür lag. Vermutlich war hier das Arbeitszimmer oder noch besser: das Schlafzimmer. Anna war schon ganz aufgeregt, aber offenbar wollte Herr Hübben es spannend machen und öffnete zuerst die Tür am Ende des Flurs. Das Badezimmer war erwartungsgemäß mit gehobener Ausstattung. Die Fließen waren in einem Anthrazit gehalten, die Dusche mit Glas vom Rest der Nasszelle abgetrennt.

„Und hier ihr Wellnessbereich.", vermeldete der engagierte Makler, der seinen Stolz über dieses Objekt kaum verbergen konnte. „Fußbodenheizung, im Übrigen wie im gesamten Rest der Wohnung...ach und mit Fenster um unangenehme Gerüche schnell nach draußen zu vertreiben." Er deutete auf das kleine Fenster am Ende des Raumes direkt über der Badewanne. Anna nickte zufrieden, als sie registrierte, dass sowohl Badewanne und Dusche vorhanden waren. Das Bad war großzügig geschnitten und ließ genügend Raum für Tigelchen und Töpfchen. Nicht, dass Anna allzu viel davon gehabt hätte, aber ihr genügte die Gewissheit, dass sie Platz fänden, sofern es notwendig werden würde. Irgendwann, so war sie sich sicher, würden Mila oder Swantje sie mit ihrem Antifalten-Wahn schon anzustecken wissen. Ein bisschen wunderte sich Anna über ihr Gedankenkino. Alles, was ihr bisher nicht viel bedeutete – ob Kochen oder eine ausgedehnte Schönheitsrituale- das alles schien in dieser Wohnung gar nicht mehr so uninteressant zu sein. Und dieser Gedanke machte Anna zum ersten Mal keine Angst. Ihr Blick schweifte über das große Waschbecken, über dem ein großer Absatz in die Wand eingelassen wurde. Neben fein säuberlich zusammen gelegten Handtüchern und einem Rasierer stand dort ein einsamer Zahnputzbecher mit einer Zahnbürste darin. Man musste kein Profiler sein um zu erkennen, dass hier offensichtlich ein männlicher Single wohnte. Nichts, wirklich nichts deutete auf die Anwesenheit einer Frau hin. Außer vielleicht die Tatsache, dass die Wohnung schon fast ekelhaft hygienisch rein war. Genauso wie Anzeichen eines geplanten Auszuges suchte man herum liegende Socken und offene Zahnpastatuben vergebens. Anna entdeckte den Lichtschalter neben dem übergroßen Spiegel über dem Waschbecken und drückte ihn. Sofort war das Bad hell erleuchtet und wurde in hellgelbes Licht eingetaucht, was es noch luxuriöser erscheinen ließ. Mit ein paar Kerzen und ein bisschen mehr weiblicher Duftnote ließ sich hieraus ein wahrer Luxustempel schaffen. Anna sah sich schon in der Badewanne liegen und den Schaum aus ihrem Gesicht pusten. Sie hielt ein gutes Buch in der Hand und im Hintergrund lief leise Jazzmusik. *Jazzmusik? Ok, bevor du hier noch weitere Vorlieben entwickelst, von denen du bisher nichts geahnt hast, solltest du dringend den Raum wechseln, Anna.* Anna riss sich selbst wieder aus ihren Gedanken und verließ ohne auf Herrn

Hübben zu warten das Badezimmer. Ihr war bereits zu diesem Zeitpunkt klar, dass selbst das hässlichste, klitzekleinste Schlafzimmer diese bisherigen Eindrücke von dieser Wohnung nicht vernichten konnte. Doch einen Blick in den Rest der Wohnung wollte sie dennoch werfen. Und die entscheidende Variable war der Preis, den Anna bisher noch nicht erfahren hatte. Dass Herr Hübben damit so lang hinter dem Berg hielt, war bestimmt kein gutes Zeichen. „Herr Hübben. Ich bin wirklich begeistert von dieser Wohnung. Ich kann gar nicht sagen, was mich daran stören könnte. Wie viele Zimmer hat diese Wohnung noch mal?", fragte Anna nach und hoffte auf diese Art endlich mehr Fakten über die Wohnung in Erfahrung bringen zu können. „ Es sind drei Zimmer, Küche und Bad.", antwortete er. „Es ist neben dem Schlafzimmer auch ein kleines weiteres Zimmer vorhanden, welches sich vom Schlafzimmer aus begehen lässt. Aber es hat auch einen kleinen Zugang vom Flur aus." Er deutete auf die Holztür neben dem Badezimmer, die Anna bisher noch nicht wahr genommen hatte. „Wie Sie sehen: hier ist alles Echtholzparkett. Ach und überall...Fußbodenheizung". Herr Hübben wirkte plötzlich unsicher. „Das erwähnten sie bereits vor zwei Minuten", entgegnete Anna. *Jetzt sag mir endlich den Preis!* „Ach...sie haben sehr ruhige Nachbarn. Eine ältere Dame im Untergeschoss. Sie ist schwerhörig, sie können also auch die Musik etwas lauter stellen. Gegenüber wohnt ein junges berufstätiges Pärchen. Viel auf Reisen. Von denen werden sie kaum etwas sehen." Anna nickte geduldig. *Aha. Der Preis? Rück endlich mit dem Preis raus und schwatz nicht.* Anna wurde zusehends nervöser. Am liebsten hätte sie sofort >Wo soll ich unterschreiben? < geschrien aber ihre Vernunft hielt sie noch zurück. „Frau Wilmers, haben Sie sonst noch Fragen?" Anna nahm seine Unsicherheit in der Stimme wahr und deutete das als schlechtes Zeichen. *Ok, sag es ruhig, sag es ruhig, verdammt. Los, versetz mir endlich den Gnadenstoß und mache meine Tagträume zunichte. Diese Wohnung kann ich mir unmöglich leisten.* Anna schaute ihm entschlossen ins Gesicht. „Herr Hübben. Diese Wohnung ist jetzt schon meine Traumwohnung. Ich will sie jetzt schon haben, obwohl ich das Schlafzimmer noch nicht einmal gesehen habe. Ich wusste bis eben nicht mal, dass ich offene Küchen mag und ehrlich gesagt war mir gar nicht klar, dass ich bisher anscheinend in einer Hundehütte gelebt haben muss. Aber genau da liegt wohl auch das Problem. Machen wir uns nichts vor. Ich habe Ihnen mein Einkommen bereits am Telefon genannt und ich weiß, dass ich keine Schlechtverdienerin bin. Aber ich habe nur ein begrenztes Budget zur Verfügung und muss mir beinahe alle Möbel neu anschaffen. Machen wir uns nichts vor…ich meine…diese Wohnung? In welchem Universum kann ich mir denn so was leisten? Wie viel kostet sie denn überhaupt?"

„Sie können Sie sich leisten, seien Sie gewiss, Frau Wilmers. Diese Wohnung ist geradezu perfekt für Sie. Ich weiß, es bleiben keine Wünsche offen.

Doch wie bei jedem guten Angebot gibt es immer einen kleinen Haken, den ich Ihnen nicht vorenthalten möchte."

„Und der wäre?" Anna wurde immer ungeduldiger, aber immerhin rückte er so langsam mit der Sprache raus.

„Nun... das ist hier sozusagen eine WG. Sie würden hier nicht allein wohnen. Sie würden sich die Miete teilen und so ist das für Sie locker finanziell zu stemmen."

Uff. Anna war mehr als überrascht. Eine WG? War sie nicht zu alt für sowas? Was, wenn man sich nicht versteht? Und warum war der neue Mitbewohner nicht bei der Besichtigung zugegen? Etwas verärgert und überrumpelt, fand sie dennoch schnell ihre Worte wieder. „Eine WG? Das... das hatte ich nun wirklich nicht erwartet. Ich hatte mich schon gewundert, warum hier noch alles so wohnlich aussieht. Da brauche ich ja wohl nicht zu fragen, ob diese Küche hier drin bleibt.", sagte Anna enttäuscht. „Herr Hübben, ich weiß gar nicht was ich jetzt sagen soll. Ich hatte nicht um eine Wohnungsbesichtigung in einer WG gebeten. Und schon gar nicht mit einem Wildfremden! Wer ist der Typ überhaupt?", platzte Anna hervor.

„Es tut mir leid Frau Wilmers. Selbstverständlich habe ich den Bewohner dieser Wohnung gebeten zur Besichtigung anwesend zu sein, damit sie sich kennen lernen können. Ich kann Ihre Verärgerung verstehen, aber vielleicht sollten Sie sich erstmal mit ihm unterhalten. Ich bin mir sicher, so eine WG wäre perfekt für Sie. Und Sie müssen doch zugeben, dass Sie sich in diese Wohnung auf den ersten Blick verguckt haben."

Für Anna war diese Besichtigung von einen auf den nächsten Moment zu einem einzigen schlechten Scherz geworden. Es hatte wirklich alles gestimmt. Und ihr war klar, dass die Sache einen Haken haben musste, aber DAS hatte sie nun wirklich nicht erwartet. Die Vorstellung in einer WG zu wohnen war nicht mal das Problem. Vielleicht hatte der Makler ja sogar Recht und sie sollte ihren Neuanfang mit ein bisschen Gesellschaft wagen. So genau hatte sie darüber noch gar nicht nachgedacht. Schlimm war nur die Dreistigkeit, mit der er sie überfiel. Das hatte garantiert Mila ausgeheckt, dafür würde es dann einen gepfefferten Anruf geben. „Ihre Sorgen in allen Ehren, Herr Hübben. Sie hätten das mit mir besprechen müssen. Sie können mich doch nicht vor vollendete Tatsachen stellen." Anna zeigte ihre Verärgerung deutlich. Doch der Makler schien allmählich amüsiert, fast befreit, nachdem er ihr das Manko der Wohnung offenbart hatte. Anna konnte das alles immer noch nicht richtig glauben und lief im Flur nervös auf und ab.

„In Ordnung, Herr Hübben. Wo finde ich denn diesen Mitbewohner? Ich kann mich ihm ja wenigstens mal vorstellen."

„Nun… genau genommen kennen Sie ihn bereits, Frau Wilmers. Ich hatte das nur nicht erwähnt, weil ich befürchtete, dass Sie die Wohnung dann sofort wieder verlassen würden." *Ich kenne den Typen? Das wird ja immer besser!* Anna ging in Gedanken alleinstehende Singlemänner in ihrem Freundeskreis durch. Sie stellte fest, dass sie zum Einen kaum männliche Freunde hatte und diese auch bereits alle verheiratet waren. Aber wenn es ein Freund wäre, warum hätte sie dann die Wohnung verlassen sollen? „Sie finden ihn im Schlafzimmer. Er wartet dort bereits. Im Übrigen habe ich jetzt einen Termin, Frau Wilmers." Er wurde sichtlich nervös und wippte unruhig auf seinen Füßen hin und her. "Es tut mir leid, aber bei dem Gespräch muss ich ja nicht zwingend zugegen sein, oder? Ich muss dann leider los. Sie können sich ja melden, wenn Sie sich entschieden haben." Herr Hübben öffnete die Wohnungstür hastig. „Ach ja und noch was zum Schluss: geben Sie der Sache eine Chance." Damit verließ er die Wohnung und Anna stand allein in dem Flur in einer völlig unbekannten Wohnung. Sie starrte auf die Wohnungstür und hoffte, dass das alles nur ein schlechter Scherz des Maklers war. *Ok wo sind hier die Kameras, ihr könnt raus kommen, ihr habt mich genug verarscht.* Wie konnte er denn ausgerechnet jetzt zu einem anderen Termin, wenn dieser noch nicht beendet war? Genau genommen gab es ja noch genügend Klärungsbedarf. Offensichtlich hatte er sich ganz dreist aus der Situation stehlen wollen und wollte Anna nun die ganze Arbeit überlassen. Immerhin war der Mann anscheinend kein Fremder für sie, aber das tröstete sie wenig. Es konnte ja auch Gunnar sein, der hinter der Tür auf sie wartete. Sie schaute zur Schlafzimmertür und ging ein Stück darauf zu. In

Gedanken überlegte sie weiter, wer der Mitbewohner nun sein könnte und sie nahm die Türklinke in die Hand, hielt sich aber noch zurück. Sie war nicht sicher, ob sie eine WG überhaupt wollte und allmählich wurde das ganze unheimlich. Wenn der Mann einen Mitbewohner suchte und sie offensichtlich kannte, warum hatte er sie nicht vorher darauf angesprochen? Und warum zum Teufel wartete er dann im Schlafzimmer auf sie um sich mit ihr zu unterhalten? Wäre da eine Küche oder ein Esszimmer nicht passender gewesen? Die Sache stank zum Himmel! Anna wurde mulmig. Sie ging zurück zur Wohnungstür um die Wohnung zu verlassen. Doch dann tönte plötzlich leise Musik aus dem Schlafzimmer und Anna hielt an. Der Mitbewohner musste sie offensichtlich bemerkt haben und wollte ihr vielleicht mit der Musik signalisieren, dass er nicht schlief. Oder was auch immer. Jedenfalls konnte Anna, so gebot es ihr Anstand, sich nicht so feige aus der Wohnung stehlen wie der Makler. Sie nahm ihren Mut zusammen und ging wieder auf die Schlafzimmertür zu. Sie musste wenigstens wissen wer der Mann war und ihm höflich mitteilen, dass sie an einer Wohngemeinschaft nicht interessiert war. Das war wohl das Mindeste, was sie jetzt tun konnte ohne ihr Gesicht zu verlieren.

Wie kommst du aus der Nummer wieder raus, Anna?

Kapitel 27

Sie drückte die schwere Metallklinke nach unten und trat in einen abgedunkelten Raum. Nur schemenhaft erkannte sie ein Bett und das von der Tür aus gesehen gegenüberliegende Fenster. Wie im Rest der Wohnung wirkte der Raum imposant und großzügig, auch wenn sie nicht viel sehen konnte. Um das Bett herum waren Kerzen angeordnet, kleine Teelichter, die in einem Kreis sorgfältig angeordnet waren. Anna konnte diese Szene beim besten Willen nicht einordnen, aber war zu neugierig geworden, um wieder umzukehren. Plötzlich tönte von der Seite wieder Musik. Sie erkannte ihr Lieblingslied von George Michael bereits nach den ersten drei Akkorden und spürte plötzlich ihr Herz schneller schlagen. Sie blieb kurz stehen um alles auf sich wirken zu lassen. Sie setzte sich auf das Bett und sah den kleinen Flämmchen der Teelichter beim Tanzen zu. Diese Situation war ganz und gar nicht vertraut; es war ihr unheimlich und irgendwie wusste sie nicht, ob ihr Herz so schnell schlug, weil sie so aufgeregt war oder weil sie Angst hatte vor dem was sie erwartete. Wahrscheinlich war es eine Mischung aus Beidem. *Bitte lass es nicht Gunnar sein.*

„Hallo? Ist da Jemand?" fragte sie ins Leere. „Hallo-hoooo ist da jemand? Ich…bin Anna, ich bin die… vielleicht neue Mitbewohnerin. Der Makler…er hat gesagt Sie warten hier auf mich."

Wiederholte sie. Als sie sich nochmals genauer im Zimmer umsah entdeckte sie gegenüber dem Bett eine weitere Tür. Durch einen kleinen Türspalt sah sie, dass in dem Raum hinter der Tür Licht brannte. Und während das Lied verklang, war Anna allmählich beunruhigter geworden. Offensichtlich hatte der Mieter mit einer anderen Person gerechnet und sie war in ein Date hinein geplatzt. Aber fraglich war, warum der Makler ihn dann nicht informiert hatte? Möglich war auch, dass der junge Mann der hier wohnte ihr einen netten Empfang bereiten wollte. Aber wie auch immer- eine Tasse Kaffee und ein Stück Kuchen hätten völlig ausgereicht. Dieses Theater hier war jedenfalls zu viel des Guten und hätte auch ein spannender alternativer Anfang für das Kettensägenmassaker abgeben können. Das Ganze war Anna überhaupt nicht einerlei und sie entschied sich doch, die Wohnung schnellstmöglich zu verlassen. „Es tut mir leid. Ich wollte Sie nicht stören, ich wollte nur sagen, dass ich nicht an der Wohnung interessiert bin. Schön haben sie es hier. Ich bin nicht so der WG-Typ. Ähm…ja also ich geh dann mal." , brüllte sie ins Leere. Während Sie sich umdrehte und zur Tür lief, hörte sie plötzlich wie die andere Tür aus dem Zimmer gegenüber des Bettes geöffnet wurde. „Warten Sie einen Moment", rief ihr eine männliche Stimme nach. Sie musste unweigerlich stehen bleiben. Irgendwie war ihr die Stimme bekannt, aber sie war sich nicht sicher. Sie klang sehr vertraut und wohlig in ihren Ohren. Sie bewegte sich keinen Zentimeter, so aufgeregt war sie. Sie hörte wie die andere Person im Raum an etwas herum fummelte. Sie versuchte den Geräuschen zu lauschen und erkannte, dass es das Knacken eines Platenspielers war. Offensichtlich hatte der Mann eine neue Platte aufgelegt, denn es begann ein neues ihr nicht weniger bekanntes Lied zu spielen. „One more try" von George Michael wurde angespielt und Anna wurde plötzlich klar, wer der unbekannte Mann war. Es fiel ihr wie Schuppen von den Augen. *Das kann nicht sein, das ist nicht möglich.* Sie traute sich nicht sich umzudrehen; zu groß war die Angst, dass sie sich irrte. Sie spürte plötzlich einen Lufthauch in ihrem Nacken und männliche Arme, wie sie sich um sie legten. Der Mann küsste ihre Schultern und drückte sie fest an sich. Anna ließ ihre Handtasche fallen und beschloss sich keinen Zentimeter mehr zu bewegen. Sie erkannte den Geruch seines Parfüms wieder und war sich nun absolut sicher, dass nur er es sein konnte. Es fühlte sich so unglaublich an, was da gerade passierte. Es hätte genauso gut auch ein Traum sein können, doch dazu pochte ihr Herz einfach viel zu sehr. Sie hatte Mühe gleichmäßig zu atmen. Sie schloss die Augen und wartete sein weiteres Verhalten ab. Bis das Lied ausgespielt hatte, genoss sie jeden einzelnen Augenblick.

„Ich weiß es ist nicht wirklich romantisch hier für eine Frau. Aber das kann man sicher noch ändern.", sagte er und wollte fortfahren: „ Man könnte zum Beispiel…", Anna drehte sich zu ihm um und küsste ihn forsch. Sie legte ihre Arme um ihn herum und deutete ihm, unbedingt seine Klappe zu halten. *Nicht reden. Küss mich einfach, du Idiot.* Henrik wehrte sich natürlich nicht und nahm sie fest in seine Arme; als wäre er froh, dass sie nicht sofort wutentbrannt das Zimmer verlassen hätte. Sie hatte ihn so unendlich vermisst; wirklich jedes Wort wäre jetzt zu viel gewesen. Henrik schaute ihr in die Augen und drückte sie fester an sich heran. Er lief zum Bett mit ihr und ließ sie auf die weiche Decke fallen. Dass die Schallplatte bereits verstummte nahmen beide nicht mehr wahr. Sie legten sich beide unter die Decke und küssten sich zärtlich. Henrik streifte ihren Pullover von der Schulter und versuchte ihr die Kleidung auszuziehen. Plötzlich hielt Anna inne und stieß ihn zurück. Henrik hielt sofort erschrocken inne. „Stimmt etwas nicht? Wenn dir das zu schnell geht, versteh ich das." Anna war mit versteinerter Miene vor ihm liegen geblieben und weichte erst nach ein paar Sekunden ihre strengen Gesichtszüge auf. „Damit das klar ist, Henrik, ich bekomme die Fensterseite des Bettes. Ich werde auch nie deine liegen gelassenen Socken wegräumen und verabschiede dich von dem Gedanken, dass ich dir jeden Tag irgendwas koche. Und noch was: Wenn in diese Wohnung irgendwann mal Kinder rein kommen sollen untersteh dich, Kerzen auf den Boden zu stellen." Anna holte tief Luft und deutete an, dass ihre Regierungserklärung beendet war. Henrik hatte ihr aufmerksam zugehört, auch wenn ihm das merklich schwer fiel, wenn er sie so

236

wunderhübsch vor sich liegen sah. Er musste sich außerdem das Lachen verkneifen, als er kapierte, dass sie ihm gerade auf ihre Art zusagte, bei ihm einziehen zu wollen. „Ok, aber kein pink", protestierte er mitgespielter Miene. Sie zog ihn an sich heran und sie küssten sich wieder.

Unten im Treppenhaus standen Mila, Steffen und Herr Hübben angespannt Spalier und warteten, ob einer von den beiden fluchtartig oder gar wütend die Wohnung verlassen würde. Der Plan hätte auch nach hinten los gehen können; Mila wollte kurz vorher noch einen Rückzieher machen, aber ihr Großonkel Heribert Hübben war gar nicht in seinem Eifer zu bremsen. Er war schon seit mehreren Jahren in Rente und sehnte sich manchmal in seinen alten Beruf zurück. Er bekam außerdem nicht oft die Gelegenheit einem Nachwuchskollegen zu helfen. Mila schaute aufgeregt zu Steffen. „Sag mal, wie hast du ihn eigentlich rum gekriegt? Er muss doch immer noch stinksauer auf Anna gewesen sein.", fragte sie ihn. „Ach das war ganz einfach. Ich habe ihm gedroht, ein Liebesgedicht an meine Geliebte Mila-Amore vorzulesen, wenn er nicht mitmacht. Da hat er freiwillig zugestimmt.", antwortete Steffen nüchtern und knapp. „Du hast ein Gedicht für mich geschrieben?", fragte Mila belustigt. „Ja klar, willst du es hören? Ich hab es sogar in meiner Hosen…"
„Untersteh dich! Schatz, bei aller Liebe. Bitte nicht das. Dafür ist es gerade viel zu schön mit uns."

Nach einer Stunde ungeduldigen Wartens war immer noch niemand aufgetaucht und es blieb im Hausflur still. „Ich glaube wir werden hier nicht mehr gebraucht.", sagte Mila nüchtern und die anderen beiden nickten ihr zu. Sie setzten sich in Bewegung. Mila hörte erst am nächsten Abend wieder von Anna. Offenbar hatte sie seit der Besichtigung Henriks Wohnung nicht mehr verlassen. Da hätten sie noch lange warten können.

Noch einmal mit Gefühl, Anna.

Epilog

Irgendwann zwei Jahre später...

Anna schleppte atemlos die letzten Weihnachtsgeschenke im Hausflur hinauf. In den letzten Monaten war der Aufstieg immer mühsamer geworden. Die Treppen gingen ihr immer mehr auf die Nerven, sie sehnte sich jedes Mal zurück nach Afrika, wo sie mit Henrik die letzten Monate verbrachte. Dort gab es keine Lofts in Mehrfamilienhäusern und auch keine gefühlten tausend Treppen. Jedenfalls nicht dort, wo sie sich aufhielten. Beinahe acht Monate waren sie durch den Kontinent gereist. Erst erkundeten sie im Rahmen einer Weltreise Asien und verlebten dort einen heißen Sommer. Aber heiß war nicht der richtige Ausdruck für das, was sie in Afrika erwartete. In Marokko waren ihre Atemwege so verstaubt, dass sie zeitweise um Luft ringen mussten. Mit einer Reisegruppe und dem übermotivierten Reiseführer ging es in einem Geländewagen weiter gen Südosten. Zwar war das Auto mehr als in die Jahre gekommen, aber das fiel nicht weiter auf. In Kenia angekommen stand Anna mit klapprigen Beinen auf der roten Erde mitten im Nationalpark und versteckte sich hinter einem Affenbrotbaum. Henrik beäugte das Treiben ratlos. Offenbar hatte sich Anna eine Tropenkrankheit eingefangen, denn sie spuckte schon seitdem der Tag angebrochen war in zuverlässigen Abständen. Henrik hielt ihr fürsorglich immer wieder ein Taschentuch bereit; mehr konnte auch nicht für sie tun. Nachdem sich Anna fertig entleert hatte, stieg sie zurück in den Wagen und litt leise vor sich hin. Sollte ihr Zustand nicht besser werden, würde sie einen Arzt benötigen. Der Reiseführer hatte da aber eine andere Idee und für diesen Tag einen Besuch bei einem kenianischen Buschvolk organisiert. Dort erwartete sie nicht nur ein eindrucksvolles Trommelkonzert und der Eintritt in eine ganz andere Welt, sondern auch der Medizinmann, der, abgeschieden wie er lebte, ein Handy besaß und bereits informiert worden war, dass er an diesem Tag eine Patientin aus der westlichen Welt erwartete. Man geleitete Anna, die sich wieder etwas gefangen hatte, zu ihm in seine Lehmhütte und ließ sie dann dort allein. Henrik wollte mit ihr gehen, aber der Medizinmann machte durch Handzeichen deutlich, dass er keinen weiteren Gast wünsche. Anna folgte dem dürren, großen Mann, der nur mit einem Tuch ums Gemächt herum bekleidet und dafür bunt bemalt war, durch die Hütte in einem kargen Raum hinein. Auf dem Boden lag eine alte, verschmutzte Decke und ein Kissen. Der Mann gab ihr zu verstehen, dass sie sich dort hinsetzen möge und nahm vor ihr ebenfalls Platz. Er musterte sie ein paar Minuten und fühlte ungefragt ihren Bauch. Dann ging er wortlos aus dem Raum. Anna war verwirrt und erhob sich ebenfalls, nachdem der Mann auch nach mehreren Minuten nicht zurück kam. Im

Nebenraum saß er rauchend auf einem Schemel und grinste ihr zufrieden entgegen. Anna schaute ihn fragend an. „No sick. No No.", sagte er und fuchtelte mit seinem Zeigefinger vor seinem Gesicht umher. Dann formte er mit seiner Hand eine besonders ausladende, runde Bauchform und rief nur mit fröhlichem Gesicht „Baby, Baby!" Anna begriff schnell und war fassungslos. „No No." Sagte sie und versuchte dem Mann zu verstehen zu geben, dass er sich irren musste.

Immer noch nicht in der Wohnung angekommen stand Anna völlig außer Atem im Treppenhaus. Sie schaute zu Henrik hinauf, der den Aufstieg bereits hinter sich hatte und die Tür aufschloss. „Schatz, ich will mich ja nicht beschweren, aber hättest du nicht damals eine Wohnung mit Aufzug kaufen können?", fragte Anna schnippisch. „Na warte erst mal bis der kleine Mann da ist", entgegnete Henrik und umfasste liebevoll Annas immer größer werdenden Bauch. „Nur noch sechs Wochen und du musst den Kleinen auch immer hier hoch tragen.", fügte er amüsiert hinzu. Anna lachte charmant: „Naja, für so was gibt's ja dann einen Papa, nicht wahr?"
Als sie oben angekommen war trat sie in die Wohnung ein, die mittlerweile einen nicht zu übersehenden weiblichen Anstrich erhalten hatte. Mit vollem Eifer hatte Anna schon den ganzen Vormittag dekoriert und gebacken. Henriks und Annas Eltern hatten sich für den Weihnachtsabend angekündigt und sie wollte ein richtiges Festmahl

zaubern. Immerhin hatte sie nun fast zwei Jahre nach ihrem Einzug der etwas anderen Art immer noch nicht Henriks Eltern kennen gelernt und sie wollte nur den besten Eindruck hinterlassen. Henrik bemerkte Annas Angespanntheit und nahm ihre Hand. Er führte sie ins Wohnzimmer und setzte sie auf die Couch vor dem Kamin ab. „Was hast du denn nun schon wieder mit mir vor?", fragte Anna mit einem Lächeln im Gesicht. Henrik verschwand kurz im Flur und Anna hörte, wie er in einer der Einkaufstüten wühlte. „Nicht von der Stelle bewegen!" rief er ihr zu. Anna blieb geduldig sitzen und rieb sich den Bauch. Die Kaminwärme ließ ihren kleinen Sohn im Bauch sofort aktiv werden und er machte heftige strampelnde Bewegungen. Henrik kam um die Ecke und befahl ihr die Augen zu schließen. Aus einer kleinen Schachtel nahm er einen silbernen Ring und streifte ihn über Annas Ringfinger. „Frau Wilmers, möchten Sie meine Frau Konrad werden?", fragte Henrik und wartete mit großen Augen auf Annas Antwort. Anna öffnete ihre Augen nicht, sondern legte ihren Zeigefinger auf ihre Lippen und ergänzte nur zitternd vor Freude „Küss mich!"

Danksagung

Ich möchte zu allererst meinem Mann danken. Schon zu Zeiten, in denen er noch nicht offiziell mein Ehemann war, hat er mich dazu motiviert, meinen Autorenträumen nicht nur hinterher zu hecheln, sondern ihnen Inhalt zu verleihen. Du hast immer an mich geglaubt, auch wenn ich oftmals nicht wusste, ob sich diese ganze Arbeit jemals auszahlen würde.

Dank auch an meine Mutter, die schon immer ein Schreibtalent in mir schlummern sah, wo ich nicht mal eins gesehen habe. Mir ist bewusst, dass es für eine Mutter manchmal schwer ist, wenn sie zusehen muss, wie Talente des Kindes ungenutzt bleiben, weil es selbst nicht an sich glaubt. Solltest du Recht behalten, hast du großen Anteil daran, dass es dieses Buch überhaupt gibt.

Danke an Tomasz Liskiewicz für die Gestaltung meines Covers. Ich finde es ist großartig geworden, wirklich!

Nicht zuletzt vielen Dank an alle Probeleser, die mir neue Impulse gegeben haben und mich motiviert haben, noch mehr daraus zu machen.

Anmerkung:

Dieser Roman ist nicht biographisch. Sollten Namens- oder Charakterähnlichkeiten mit lebenden Personen auftreten, sind diese zufällig. Die Handlungsorte, die im Buch beschrieben sind, gibt es hingegen tatsächlich. Habe ich was vergessen?
Ach ja, George Michael gibt es wirklich.

Zeitfracht Medien GmbH
Ferdinand-Jühlke-Straße 7
99095 Erfurt, Deutschland
produktsicherheit@kolibri360.de